MEIN BILD

Elke von Radziewsky

Paolo Uccello
Reiterschlacht

Ein rotfuchs Kunstsachbuch
Mit einer Klapptafel des Gemäldes
am Ende des Buches

Rowohlt

rororo rotfuchs
Herausgegeben von
Ute Blaich und
Renate Boldt

Originalausgabe
Veröffentlicht im Rowohlt Taschenbuch
Verlag GmbH, Reinbek bei Hamburg, März 1996

Reihenkonzeption und Redaktion Ute Blaich
Umschlaggestaltung Barbara Hanke
Umschlagbild © Uffizien, Florenz
Layout und Typografie Iris Farnschläder
Reproduktionen Grafische Werkstatt
Christian Kreher, Hoisdorf
Satz Bembo PostScript, QuarkXPress 3.31
Gesamtherstellung Clausen & Bosse, Leck
Printed in Germany
1690-ISBN 3 499 20784 2

«Sehen, was man sieht.»

Le Corbusier

Für Katharina und Lucie

INHALT

Paolo Uccellos Reiterschlacht

Erster Teil
Niccolò da Tolentino greift mit den Florentinern an.
Um 1435/36.

Zweiter Teil
Der feindliche Heerführer Bernardino della Ciarda fällt.
Um 1435/36.

Dritter Teil
Micheletto da Cotignola kommt zur Verstärkung.
Um 1440.

ZUVOR

Ein Bild ist wie ein Buch, du kannst es lesen. Und wenn es so alt und so prächtig ist wie Uccellos «Reiterschlacht von San Romano», erzählt es dir mehr über die Menschen vor fünfhundert Jahren, als du in vielen Geschichtsstunden lernst.

Um ein Bild zu lesen, ist zweierlei nötig. Erstens mußt du genau hinschauen, dann entdeckst du allerhand Kurioses, das du aus deinem Leben nicht kennst.
Zweitens mußt du dir angewöhnen, nichts auf dem Bild für selbstverständlich zu halten: die abgebrochenen Lanzenteile nicht, den prächtigen Hut des Helden nicht, selbst die Kaninchen nicht, die auf Uccellos Bild über die Felder hoppeln. Denn entweder war Uccello ein Spaßvogel, der gern solche kleinen Neckereien pinselte. Dann müßtest du noch mehr davon finden. Oder das Kaninchen verbirgt eine Information, die du entschlüsseln sollst. Wenn du sofort wissen willst, was das ist, schau in Kapitel 5 nach. Ansonsten erzähle ich jetzt die Geschichte von Anfang an. Das Hauptthema der dreiteiligen Bildfolge ist eine wilde Reiterschlacht.

Doch bevor es losgeht, stelle ich dir die wichtigsten Personen vor.

Die Haupt-personen

Die Hauptperson ist natürlich **Paolo Uccello**, der Maler der «Reiterschlacht». Du wirst ihn als ziemlich eigensinnigen Menschen kennenlernen. Übersetzt heißt sein Name Paul Vogel.

Dann mußt du **Cosimo de Medici** kennen, den Auftraggeber der Bilderfolge. Ein machtbewußter Herrscher, der nicht nur sympathisch wirkt.

Lorenzo Ghiberti war der Lehrer von Paolo. Erfolgsverwöhnt und ziemlich von sich eingenommen.

Und du könntest dir auch schon den Namen von **Leon Battista Alberti** merken, der zwar auch selbst Bilder malte, vor allem aber Theorien aufstellte, wie gemalt werden sollte. In gewissem Sinn war er Paolos Widersacher.

1
Die Vorgeschichte: Endlich ein Sieg

Spät in der Nacht vom 1. Juni 1432 klopft es an das Tor der Casa Vecchia. Ein Reiter begehrt Einlaß. «Schnell, schnell, bring mich zu Cosimo de Medici!» stößt er heiser vor Anstrengung hervor. Er hält dem zögernden Diener ein versiegeltes Papier vors Gesicht. Der nimmt es, befiehlt dem Boten zu warten und verschwindet. Wenig später kommt er zurück, geleitet ihn eilig durch die Säle. Da steht der mächtige Cosimo, schmal, mit wulstigen Lippen und einer breiten Nase. Die geöffnete Botschaft in der Hand, sagt er ungeduldig: «Sprich, faß dich kurz! Wie viele sind gefallen? Sind die Männer aus Siena nun besiegt oder ist der Kampf nur abgebrochen?»

Der Bote antwortet stotternd: Plötzlich kurz vor San Romano seien die sienesischen Truppen dagewesen. In einer furchterregenden Übermacht. Jeder habe geglaubt, Flucht sei die einzige Chance. Aber ihr Anführer Niccolò da Tolentino habe sich wie toll den Feinden entgegengeworfen. Es habe ein wüstes Hauen und Stechen gegeben. Zwei, drei Stunden hätten sie durchgehalten. Fast jeder von ihnen habe gemeint, schon sein Totenglöcklein zu hören. Aber sie hätten standgehalten. Und als dann noch, wie vom Himmel geschickt, der

bewährte Krieger Micheletto da Cotignola mit neuen Truppen aufgetaucht sei, da hätten sich die Sieneser plötzlich zurückgezogen.

Cosimo entläßt den Boten. Dieser Tolentino ist wirklich ein Teufelskerl, denkt er. Jede Münze wert, die er und seine Männer bekommen. Leider ist ein Rückzug noch kein Sieg. Aber es ließe sich daraus ein Triumph zurechtschneidern. Man muß es nur richtig erzählen. Oder besser noch malen. Auf großen Holztafeln. Das gäbe Bilder, wie sie hier noch keiner gesehen hat: Tolentino als Held, viele Pferde, Rüstungen, das siegreiche Banner von Florenz. Das würde seinen Palast vortrefflich schmücken. Doch Cosimo verdrängt die Idee wieder. Noch kann er es nicht wagen, so auffällige Kunstwerke in Auftrag zu geben.

Florenz gehörte zu den reichsten Städten Europas. Hier wuchs Paolo Uccello auf.

2
Das Zeitalter der Medici

Der Aufsteiger Cosimo

Cosimo de Medici (1389–1464) wußte, daß er vorsichtig sein mußte. Der reichste Kaufmann und Bankier in Florenz hatte viele Freunde, aber auch viele Neider. Besonders den mächtigen alteingesessenen Familien gefiel seine Beliebtheit beim

Genügsam wie ein Bauer und prunksüchtig wie ein Fürst: mit Cosimo d. Ä. begann die Herrschaft der Medici über Florenz.

Volk nicht. Sie witterten Arglist hinter seinen Wohltaten. Er hatte sie schon sagen hören, Cosimo sei es gewesen, er habe aus schnöden Geschäftsinteressen zum Krieg gegen die Stadt Lucca und ihre Verbündeten Siena und Mailand gedrängt. Ein Krieg, der nicht gewonnen werden konnte, der nur ein Vermögen verschlang. Allerdings hatte Cosimo das Risiko von Anfang an vorhergesagt. Trotzdem lieh er der Stadt das Geld, mit dem sie die Söldnerführer und ihre Truppen bezahlte. Florenz war Cosimos Schuldnerin. Er konnte sich durchaus vorstellen, wie unwohl seinen Gegnern war, wenn sie daran dachten, daß sie von ihm abhängig waren.

Die Falle

Endlich, im April 1433, war der Krieg beendet. Aber wie Cosimo befürchtet hatte, wuchs der Haß der alten Familien auf den reichen Medici deutlich an. Immer lauter beschuldigten sie Cosimo als Kriegstreiber und Volksverführer. Der Angegriffene zog sich auf seinen Landsitz in Mugello zurück und wollte Zeit verstreichen lassen, damit sich die Gemüter beruhigten. Als er unter einem Vorwand am 7. September in den Regierungspalast gerufen wurde, folgte er gehorsam dem Bescheid. Er traf Bekannte. Man plauderte. Dann wurde der Arglose von Verschwörern festgenommen. Den Florentiner Bürgern erklärten sie, er sei ein Volksfeind, ein Stifter von Bränden und Plagen. Cosimo schwebte in höchster Gefahr. Schon war das Gift besorgt, um ihn zu beseitigen.

Ort der Verschwörung: der Palazzo Vecchio in Florenz.

Kaum hatte Niccolò da Tolentino von diesem feigen Anschlag gehört, brach er eilig mit seiner Söldnertruppe nach Florenz auf. Alles hätte er riskiert, um seinen Wohltäter zu befreien. Doch schlaue Freunde hielten ihn zurück. Tausend Dukaten ließen sie für Cosimos Sicherheit in den Taschen des obersten Richters verschwinden. Bestechungsgeld, um das Urteil in Verbannung abzumildern, es öffnete die Kerkertüren. Cosimo verließ Florenz, ging zuerst nach Padua, dann nach Venedig, wo sich eine Filiale seiner Bank befand. Er war kein Bittsteller, er war reich. Und die Venezianer empfingen ihn wie einen ausländischen Prinzen. Cosimo wartete.

In Florenz warben unterdessen seine Freunde unermüdlich um Sympathie. Dann legten sie Berufung gegen die Verbannung ein und gewannen. Ein Jahr nach seiner Verhaftung kehrte Cosimo de Medici nach Florenz zurück und rächte sich grausam. Wer ihm nicht zu Willen war, wurde hingerichtet oder verbannt. Die Henker dichteten Schmähverse auf die Toten. Von nun galt das Wort des mächtigsten Kaufmanns in der Stadt, als sei er König. Und er tat, was man von Königen erwartet. Er sammelte nicht nur Kunst, um sein Ansehen zu erhöhen. Er bestimmte auch, welche Kunst besonders schätzenswert sei.

Viel später wird die Epoche, in der dieser Medici und seine Nachfahren Florenz beherrscht haben, das «Zeitalter der Medici» genannt werden.

3
Auch grosse Künstler fangen klein an

Sieben harte Jahre

Als Cosimo de Medici schon seine ersten selbständigen Geschäfte mit Stoffhändlern in Burgund oder Nürnberg abwickelte, kam der gerade elfjährige Paolo als Hilfsbursche in die Werkstatt von Lorenzo Ghiberti. Das war im Jahr 1407. Damals zählte Ghiberti zu den angesehensten Bildhauern der Stadt. Er war ausgebildeter Goldschmied, und bei Goldschmieden lernte man damals besser zeichnen als in einer Malerwerkstatt. Fünf Fiorini Lehrgeld im Jahr, so wurde man sich handelseinig, sollten vorerst genug sein. Es mußte sich schließlich erst einmal erweisen, ob der Junge geschickt war. Fast vier Jahre blieb Paolo Hilfskraft, dann begann seine Lehrzeit, die noch einmal drei Jahre dauerte.

Furchtbar, wirst du sagen, so lange den Mund halten, tun, was andere verlangen, dann hat man doch ganz verlernt, eigene Ideen zu haben. Die Leute damals dachten anders. Sieben Jahre ausfegen, Pinsel auswaschen, Formen putzen, Gips und Farben herbeiholen, das war die Regel. Cennino Cennini, der sogar dreizehn Jahre bei seinem Meister geblieben war, beschrieb seine Lehrzeit später so: «Fürs erste wird es zum geringsten ein Jahr dauern, das Zeichnen auf dem Täfelchen einzuüben: dann mit dem Meister in der Werkstätte stehen, bis du alle Zweige gelernt, welche unserer Kunst zugehören. Dann mit der Bereitung von Farben anzufangen, das Kochen des Leimes zu erlernen, Gips zu malen, das Verfahren, mit Gips grundieren zu lernen, ihn erhaben zu machen und zu schaben, zu vergolden, gut zu körnen durch sechs Jahre hindurch. Und dann zum praktischen Versuchen im Malen, Ornamentieren mittels Beizen, Goldgewänder machen, in der Wandmalerei sich üben andere sechs Jahre.» Die Malerei war ein Handwerk, zu dem erstaunliche Fertigkeiten gehörten.

Der kleine Paolo war ein eigenbrötlerisches Kind, scheu und ein bißchen maulfaul. Er tüftelte gern, hielt sich stundenlang bei den Farben auf. Aber er war anstellig und nahm schnell auf. Sein Lehrgeld

stieg auf sieben, schließlich sogar auf fünfundzwanzig Fiorini. 1414 trat er der Lukasgilde bei, so hieß die Zunft, eine Art Berufsverein, in der sich die Maler zusammentaten. Paolo war jetzt fertiger Meister in seinem Handwerk. Trotzdem verließ er erst drei Jahre später Ghibertis Werkstatt.

Was Paolo Uccello alles gelernt hat

Wenn Paolo Bäume malen sollte, durfte er sie keinesfalls einfach erfinden oder in die Natur marschieren, um sie abzumalen.
Seine Bäume, so wirst du schnell erkennen, ähneln alle diesen kleinen geschnitzten Tannen und Buchen aus erzgebirgischen Weihnachtskrippen. Grund dafür ist das Malrezept, das schon vor Paolo viele Lehrburschen auswendig lernen mußten. Ein

Baumstamm, hieß es, wird zuerst schwarz angelegt. Für die Blätter wird dunkles Grün gewählt, und es werden immer weniger gemalt, je dichter der Maler an den Wipfel kommt. Wie der Baumstamm, die Zweige und die Blätter auszusehen hatten, sah Paolo bei anderen Malern.

Ein Berg sieht aus wie eine Pappmachékulisse aus dem Puppentheater oder wie ein Stein. Denn, so kannst du noch heute in einem Traktat über die Malerei aus jener Zeit nachlesen: «Wenn du Gebirge in einer guten Weise entwerfen willst, welche natürlich scheinen, so nimm große Steine, rauh und unpoliert. Und zeichne sie nach der Natur, indem du ihnen Licht und Schatten verleihst, je nachdem es dir die Einsicht erlaubt.» Eine Regel, die Paolo sichtlich befolgte.

Berge, so glaubte noch Paolo, seien Warzen auf der Erdoberfläche. Deshalb mußten sie hohl sein.

Gras legte sogar der alte Meister noch kästchenweise an oder so, daß es dem Hirtenteppich gleicht, der vielleicht in deinem Zimmer liegt.

Blumen, so lernte er, sind, wie mit der Pinzette gesetzt, einzeln zu verteilen. Auf ähnliche Weise wurden sie in den ersten Kräuterbüchern dargestellt.

Eine erste Illusion von Raum erzeugte er wie sein Lehrer Lorenzo Ghiberti durch das Hintereinanderschachteln starkfarbiger Figuren. Oder durch die Andeutung von Bewegung, von Schritten, ausgeprägten Gesten und verschiedenen Kopfhaltungen.

Landschaft zu malen, hat er vielleicht überhaupt nicht geübt. Vielen Künstlern reichten Baum, Berg und Graskästchen, um auf einem in frühen Zeiten oftmals goldfarbenen Hintergrund Natur anzudeuten.

Aus vielen
Einzelszenen
zusammengesetzt:
Paolo Uccellos
«Anbetung des
Kindes».

Aufmerksamkeit, Zweifel, Erstaunen lassen sich auf den Gesichtern ablesen. Die Formen der Mimik lernte Paolo wie Regeln.

Menschen, die keine Hauptrolle spielen, behandelte Paolo in vielen Bildern nach der gleichen Schablone als Stoffpüppchen mit biegsamen Beinen und runden gepolsterten Körpern. Sie haben Gesichter mit langgezogenen Nasen und fischähnlich offenen Mündern.

Und sie verständigen sich mit Gesten, die fest verabredet sind – wie bei den Fluglotsen heute. Der Code hieß zum Beispiel bei Traucr: Lege die Handfläche auf die Brust. Oder bei Scham: Bedecke die Augen mit den Fingern.

Folgsam lernte Paolo alle Formeln, die teilweise schon seit Generationen galten und von Werkstatt zu Werkstatt weitergegeben wurden.
Gleichwohl wurde aus dem eigenbrötlerischen Jungen einer der großartigsten und ungewöhnlichsten Maler seiner Zeit.

Ein Bildhauer spielt die erste Geige

Denn die Wahl, die Paolos Vater für seinen Sprößling getroffen hatte, war goldrichtig. Gerade Lorenzo Ghibertis (1378–1455) Werkstatt war einer der aufregendsten Orte für einen Künstler. Etwa so, als wäre man in unserem Jahrhundert bei Picasso in die Lehre gegangen.
Seit Jahren arbeitete Ghiberti mit immer mehr Hilfskräften an der Bronze-Nordtür für die berühmte florentinische Taufkirche San Giovanni, das Baptisterium. Dem ehrgeizigen Mann war es

1401 in einem Wettbewerb gelungen, den begehrten Auftrag für das aufwendige Kunstwerk zu erhalten. Die Herren des Auswahl-Komitees, lauter Kaufleute der Wollweberzunft, schätzten seine naturnahe Darstellung und sein großes technisches Können.
Außerdem lockte Ghiberti sie mit zweierlei: Zum einen beherrschte der gelernte Goldschmied die eleganten Formen französischer Goldschmiedekunst. Und das

Die erste der berühmten Bronzetüren für das Baptisterium in Florenz: Ghiberti und seine Assistenten arbeiteten über zwanzig Jahre daran.

Goldschmiedearbeiten wie das «Goldene Rößl» gehörten in der Renaissance zu den angesehensten Kunstwerken.

war die beste der Zeit. Fürstensöhne und Handelsprinzen gaben Unsummen aus, um ein solches Kleinod zu erwerben. Von Ghiberti versprachen sich die klugen Geschäftsleute genau das, was sie für ihr reichlich gespendetes Geld haben wollten: Ein erlesenes Kunstwerk, das von ihren internationalen Gästen (aus Paris genauso wie aus Prag) bewundert werden würde.

Zum anderen hatte Ghiberti den Trend der Zeit früh erkannt und gab seinen Figuren antikes Aussehen. Er holte sich seine künstlerischen Einfälle bei alten, aus Griechenland oder Rom stammenden Bildwerken, die er genauso versessen sammelte wie Cosimo de Medici. Den biblischen Isaak zum Beispiel formte Ghiberti nach einer antiken Skulptur, die er besaß. Wenn du beide vergleichst, wirst du schnell den griechischen Jüngling in dem Kind Abrahams wiedererkennen, das so grausam geopfert werden soll.

Mit antik aussehenden Figuren erwarb sich Ghiberti die Gunst der Kunstkenner. Seinen Isaak formte er nach einer alten Satyr-Statue.

RENAISSANCE HEISST WIEDER-GEBURT

Die Antike war damals so in Mode wie heute die Möbel der fünfziger und die Kleider der sechziger Jahre. Allerdings hatte diese Entwicklung einen bedeutsamen Hintergrund.

Schon seit der zweiten Hälfte des 14. Jahrhunderts bezeichneten die Menschen die zurückliegende Zeit als «finsteres Mittelalter». Sie meinten, in ihrer Gegenwart geschehe etwas wichtiges Neues. Sichtbare Wirklichkeit interessierte sie viel mehr als die gelehrten Traktate von Mönchen, die ihre Nase nur in muffige dicke Bücher steckten, die das Leben zwischen Buchstaben suchten und nicht über ihre Klostermauer hinausschauten.

Du weißt längst, daß man am besten seinen eigenen Augen traut. Und du wirst sagen, die florentinischen Geschäftsleute hatten doch allen Grund, sich die Wirklichkeit anzuschauen. Denn ein Kaufmann, der den Stoff nicht genau prüft, den er teuer bezahlen soll, ist ein schlechter Kaufmann und verdient, übers Ohr gehauen zu werden. Aber vor sechshundert Jahren war das selbstbewußte Vertrauen auf den gesunden Menschenverstand allein noch recht selten.

Und so ganz ohne Anleitung funktionierte dann auch die neue Wirklichkeitsliebe nicht. Hilfe boten allerdings die Texte von antiken Autoren, die sich so ihre Gedanken machten: über die Zusammenhänge der Natur, die Sittlichkeit des Menschen, die Regeln der Mathematik oder die Ordnung der Architektur.

Schon lange vor Paolos Geburt begannen Schriftkundige – und das waren meistens besonders neugierige Kirchenleute – diese heidnischen Texte zu lesen. Als Grund für ihr eifriges Studium führten sie an, in den antiken Texten Ankündigungen des christlichen Glaubens zu finden.
Eine Erklärung, die von dir stammen könnte. Etwa wenn du heimlich einen reißerischen Krimi aus dem Bücherschrank deiner Mutter stibitzt und dich damit herausredest, das Hobby des Detektivs sei doch Grammatik, und so kämst du zu Einsichten, die dir deine Lehrer vorenthalten hätten.
So, wie du mehr als Grammatik im Krimi findest, lasen die Kirchenbrüder und Gelehrten nicht um die aufregenden Stellen herum, sondern studierten neugierig, was da Spannendes über Liebe, Tod und andere wichtige Dinge stand. Und mehr und mehr machten sie sich diese Ansichten zu eigen. Außer den antiken Texten entdeckten die Menschen alte Skulpturen, Reiterdenkmäler, bemalte Gefäße, Reste griechischer und römischer Bauten. All das erschien ihnen immer interessanter. In der Zeit, als Paolo bei Ghiberti in die Lehre ging, begannen die ersten Künstler nach Rom zu reisen und den Stil antiker Skulptur und Architektur nachzuahmen. Es war wie eine Wiedergeburt vergangener Zeiten. Und darum heißt (mit dem französischen Wort für Wiedergeburt) die erste Epoche der Neuzeit bis heute Renaissance. Sie begann um 1420 in Paolos Heimatstadt Florenz.

WANDERJAHRE

Wenig ist über Paolos Schicksal in den nächsten zehn Jahren bekannt. Vielleicht folgte er einem Rat seines Lehrers Ghiberti und unternahm Studienreisen nach Siena und Pisa. Auf den Bildern von Ambrogio Lorenzetti konnte er das Malen von Landschaft studieren. Möglicherweise blieb er in Florenz und erlebte die aufregenden Diskussionen über den Bau einer neuen Domkuppel. Natürlich malte er auch. Das Übliche, eine Verkündigung, eine Maria. Doch die Aufträge, mit denen er Ansehen gewinnen konnte, blieben für den nicht besonders geselligen Mann rar. Da kam 1424 aus dem mächtigen, reichen Venedig das Angebot, Mosaiken in San Marco zu vervollständigen. Der letzte einheimische Spezialist für diese Steineinlegearbeiten war gestorben. Paolo sollte seine Arbeiten weiterführen. Erst im Winter zuvor war Ghiberti in der Stadt an der Lagune gewesen: Gut möglich, daß er seinen Schützling hier empfohlen hatte. Die Reise schien nicht ganz ungefährlich zu sein. Denn der noch nicht dreißigjährige Paolo machte umständlich sein Testament zugunsten des Hospitals von Santa Maria Nuova und wanderte los. Fünf, sechs Jahre hörte niemand mehr in Florenz etwas von Paolo Uccello.

Links Wie malt man Hügel in der Ferne? Ambrogio Lorenzetti, ein Maler aus Siena, hatte überzeugende Möglichkeiten entwickelt. Paolo guckte sich auf seinen Bildern manches ab.

4

Maler werden Wissenschaftler

Überraschende Aussichten für die Kunst

In Paolos Abwesenheit veränderten sich die Dinge in Florenz stürmisch. Aufgeregte Debatten beschäftigten die Künstlerkreise in der Stadt. Die jüngeren Leute begehrten gegen die Traditionen auf. Auch der junge Masaccio (1401–1428) gehörte dazu. Sein 1425 in der Kirche Santa Maria Novella fertiggestelltes Wandbild war die Sensation unter Malern und Kunstfreunden. Es wirkte überraschend lebensecht, so als befänden sich Gottvater, Christus am Kreuz, Maria und Johannes leibhaftig an diesem Ort. Denn zum ersten Mal war ein Raum mathematisch korrekt wiedergegeben worden.

Schau selbst, du wirst sehen, daß die gemalten Säulen und das Tonnengewölbe der Kapelle täuschend echt aussehen. Ein Schritt nur sei nötig, so machte der Maler glauben, um in den Raum hinaufzusteigen. Masaccio erreichte diesen Effekt mit einer revolutionären Kunsttechnik: Er hatte seine «Trinità» («Dreifaltigkeit») mit den Regeln der neuen Zentralperspektive konstruiert. Kein Maler vor ihm hatte etwas ähnlich Kühnes, von der Tradition Abweichendes gewagt.

Mit Masaccios berühmter «Trinità» beginnt die Geschichte der Zentralperspektive in der Kunst.

MALER SIND HANDWERKER

Paolo hatte sieben Jahre seinen Beruf von der Pike auf gelernt. Genauso war es üblich. Denn Maler waren wie Bäcker, Schuhmacher, Schmied und Schneider reine Handwerker. Ihre Arbeit zählte nicht zu den sogenannten freien Berufen, für die ein Studium von Büchern nötig war.

Niemand verlangte von einem Maler Kenntnisse in Latein wie etwa von einem Prediger oder Juristen. Auch mit Geschichte oder Geometrie mußten Maler sich nicht befassen. Keiner erwartete, daß sie selbständig nach neuen Einsichten forschten.

Ganz anders als heute erfand kein Maler seine Bilder wirklich selbst. Denn nicht der Erfindungsgeist, sondern die saubere Ausführung wurde erwartet. Ein Maler fertigte an, was seine Kunden bestellten. Und die wußten ganz genau, was sie wollten.

DREI REBELLEN

Ein Künstler zu sein war also nichts Großartiges. Und Paolos Vater, der selbst Barbier war, hatte für seinen Sohn nur einen soliden Brotberuf gewählt. Doch zur Zeit als Paolo lebte, entschieden sich auch Brunelleschi, Masaccio und Alberti, Kinder aus angesehenen Notars- oder Kaufmannssippen, Maler zu werden. Das war ungefähr so, als würde heute die Tochter einer Reederfamilie plötzlich Akrobatin. Und die florentinischen Sippen waren von den Plänen ihrer Sprößlinge genauso überrascht wie eine feine hanseatische Familie.

Wie heute taten diese Söhne alles, um ihren Vätern und Onkeln ihren Standpunkt zu verdeutlichen: Sie erklärten ihnen, wie anders und einzigartig der Beruf eines Künstlers sein könnte, wenn sie ihn ausübten.

Deshalb sonderten sie sich ab von ihren Zunftgenossen. Trieben sich bei den höher angesehenen Architekten auf der Dombaustelle herum. Schnüffelten in den Bibliotheken ihrer Familien und reichen Freunde nach Texten über Geometrie oder Perspektive. Hielten die Architekten mit vielen Fragen und Gesprächen über Maß und Raum auf. Setzten sich in ihre Studierzimmer und beschäftigten sich mit der Frage nach der Natur des Sehens. Das war ungewöhnlich und neu.

Die Texte, die sie studierten, enthielten nicht etwa neue Erkenntnisse. Sie waren uralt. Wieder und wieder hatten Klosterbrüder sie abgeschrieben. Denn die wichtigste aller Fragen, wie das Sehen funktioniert, interessierte ja schon die alten Griechen und Araber.

Ihre Gelehrten spekulierten in diesen Schriften zum Beispiel darüber, ob wir sehen, weil die Gegenstände in regelmäßigen Abständen Bilder aussenden, die auf das Auge treffen. Ob die Dinge sogar Teilchen absondern, die auf dem Auge erst ihr Bild erzeugen. Oder sie behaupteten wie der Philosoph Platon (427–347 v. Chr.), daß vom Auge ein Licht- oder Feuerstrahl ausgehe, der sich mit dem Sonnenlicht vereine und damit das Sehen bewirke.

GIOTTO WAR SCHON VORHER DA

Natürlich gab es schon vor diesen forschungsinteressierten Notars- und Kaufmannssöhnen Künstler, die sich Gedanken über wirklichkeitsgetreues Malen machten. Und sie konnten sehr genau die Gewänder mit Falten und Häuser mit Arkaden darstellen. Der berühmte Giotto (1266–1337) zum Beispiel, und er war nicht der erste, malte Menschen, die nicht wie Scherenschnittfiguren aussahen. Er hatte sich einfache Faustregeln verschafft, mit denen er das Innere und Äußere eines Gebäudes und sogar Pavillons und Tempel in einer Übereckansicht konstruieren konnte. Er tat das, um Gott zu gefallen und weil die Kirche es wollte. Denn eine der wichtigsten Forderungen an die Malerei war, den Menschen, die nicht lesen konnten, durch eine möglichst genaue Schilderung das heilige Geschehen der Bibel deutlich zu machen.

Aber erstens waren Giottos Tricks und Kniffe nicht durch Experimente oder mit Hilfe gelehrter Abhandlungen zu begründen. Und zweitens hatte er nicht die Wirkung und Möglichkeit zur Verbreitung wie in unserem Jahrhundert. Heute ist eine

Die Verkündigung an Anna: Mit der Magd, die vor der Haustür arbeitet, malte Giotto das heilige Ereignis als Teil des Alltags. Dafür mußten Künstler wirklichkeitsnah malen lernen.

Entdeckung durch Fernsehen oder Zeitschriften überall sofort bekannt. Keiner kann ihre Verbreitung unterdrücken, und niemand, der vom Fach ist, würde sich Neues entgehen lassen. In Giottos Fall dauerte es aber fast ein Jahrhundert, bis Florentiner Künstler seine Raum-Experimente weiterführten.

Guckkasten-Show

Filippo Brunelleschi (1377–1446) war der erste, der die nachmeßbare Illusion eines Raumes auf einer flachen Oberfläche vorführen konnte. Er tat das öffentlich, irgendwann in der Zeit um 1413, und es ist durchaus möglich, daß Paolo Uccello diese Vorführung miterlebte. Brunelleschi hatte für seinen Auftritt eine kleine Guckkasten-Show

Brunelleschi: er war einer der berühmten Notarssöhne, die sich der Kunst verschrieben.

erfunden. Als Motiv seines Bildes wählte er das Baptisterium, ein Gebäude, das alle Florentiner kannten (und für das Paolos Lehrer Ghiberti damals die erste der berühmten bronzenen Türen schuf). Brunelleschi hatte das Bauwerk genau vermessen und dann perspektivisch verkürzt auf eine Tafel gemalt. An Stelle der Wolken setzte er poliertes Silber auf, um die Vorstellung von etwas Wirklichem zu verstärken. Zum Schluß bohrte er ein kleines Loch in sein Bild.

Denn Sensationslustige durften nicht etwa direkt auf sein Bild schauen, sondern mußten sich dahinter stellen, einen Spiegel in die Hand nehmen, ihn vor das Bild halten und durch das Loch auf die gespiegelte Szene mit dem Baptisterium und den vorbeiziehenden Wolken blicken. Die Betrachter wurden mit dem Blick durch das Loch an genau

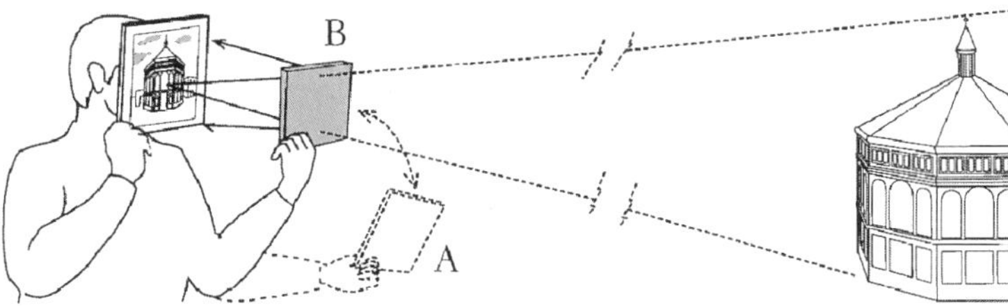

den Punkt gezwungen, von dem aus Brunelleschi die ganze Szene konstruiert hatte.

Alle Welt staunte. Die Wirkung dieser Vorführung war so aufregend, daß sie bis heute Kunstgeschichtsstudenten als gewaltiger erster Schritt auf dem Weg zur Entwicklung der Perspektive vorgestellt wird. Doch kaum ein Maler konnte etwas mit Brunelleschis wissenschaftlichem Experiment anfangen. Denn erstens bestellte damals kein Auftraggeber Abbildungen von Gebäuden, solche Bilder wollte einfach niemand haben. Aber nur die konnte Brunelleschi mit seiner geometrischen Methode herstellen. Und zweitens war die ganze Rechnerei und Abmesserei viel zu mühsam und viel zu schwer zu verstehen. Noch bezahlte kein Käufer diesen Aufwand.

Erst über zehn Jahre später malte Masaccio seine revolutionäre «Trinità» (vgl. S. 39). Geschickt beraten von einem Dominikaner, der sich in seiner Freizeit mit Architektur und Miniaturmalerei beschäftigte, verwandelte er die heilige Szene in ein

Architekturstück. Damit begründete Masaccio geradezu eine Mode. Fortan ließen die Maler Verkündigungen, Kreuzigungen oder Marienkrönungen auf Stadtplätzen, in Villenvorhöfen und zwischen Arkaden stattfinden.

PAOLO KEHRT ZURÜCK

Wir wissen nicht, wie sehr Paolo in dem dunklen venezianischen Dom gefroren hat, ob er gut bezahlt worden ist und die eine oder andere vorteilhafte Geschäftsbeziehung anknüpfen konnte. Um 1430 jedenfalls kehrte er in das kriegführende Florenz zurück. Betroffen schaute er sich Masaccios «Trinità» an, hörte von dessen frühem Tod in Rom keine zwei Jahre zuvor. Er besuchte auch Ghiberti, der in seiner Werkstatt schon an der zweiten, der sogenannten Paradies-Tür für das Baptisterium arbeitete und erfolgreicher war als je zuvor. Gemeinsam diskutierten sie über die Perspektive und wie sie in Bildern zu verarbeiten sei.

Paolos Situation war unverändert mühsam. Er bewarb sich beim Dombaurat, führte seine Erfahrungen als «Magistro musayci», als Meister im Auslegen von Mosaiken, an. Doch großartige Aufgaben bot man ihm nicht an. Immerhin konnte er sich schon ein Haus am Campo Corbolini mieten.

Drei Jahre vergingen, dann um 1434 kamen Paolos Geschäfte plötzlich in Gang. Er erhielt wichtige Aufträge, verschaffte sich einen Ruf als erstklassiger Handwerker und meisterhafter Praktiker der neuen Perspektive-Technik. Auch der aus der Verbannung zurückgekehrte, einflußreiche Cosimo de Medici entwickelte Interesse an ihm. 1435 ließ er Paolo zu sich rufen.

5
Es gibt zwei Sorten Kunst

Ein Vertrag über drei Bilder

«Mal mir drei große Bilder zum Schmuck meines Hauses. Sie sollen die Schlacht von San Romano zeigen.» Ehrerbietig stand Paolo Uccello vor Cosimo de Medici. Der berühmte Förderer der Dichter, Philosophen und Architekten hatte ihn am Morgen zu sich kommen lassen. Cosimo fragte nicht viel, er hatte genaue Vorstellungen von dem Bild, das er wünschte: Viele Reiter in voller Rüstung sollten zu sehen sein. Die Pferde sollten kostbares Geschirr tragen. Nur die besten Farben sollten verwendet werden. Der tapfere Condottiere (Heerführer) Niccolò da Tolentino, sein Freund, sollte besonders prächtig aussehen. Der Sieg von Florenz sollte deutlich sichtbar sein und im Hintergrund die Landschaft der Toskana. Jeder sollte seine Heimat erkennen. «Ich habe gehört, du bist ein Meister in der Perspektive. Beweise mir deine Kunstfertigkeit!»

Der Ort für unheilige Bilder

Wie betäubt vor Stolz ging Paolo nach Hause. Drei Bilder wünschte der mächtige Medici von ihm. Jedes mehr als drei Meter breit. Viele wichtige Leute würden sie im Palast des Kaufmanns sehen. Aber auch Zweifel nagten an Paolo. Das Thema erschien ihm ungewöhnlich: Schlachtenbilder in dieser Größe für ein Privathaus, das war noch nie vorgekommen. Religiöse Bilder hätten ihm mehr Ehre eingebracht.

Paolo und Cosimo de Medici gingen, so wie alle Menschen in der Frührenaissance, regelmäßig in die Kirche. Sie glaubten so fest an das Leben nach dem Tod, daß es ihnen wirklicher erschien als der

Auf Teller, Truhen, Teppichen malten Künstler, was sie wollten. Auf Tafelbilder dagegen gehörte Religiöses.

Alltag und das unsichere Diesseits mit Pest und Krieg. Aus diesem Grund malten Künstler nicht so unwichtige Dinge wie idyllische Landschaften mit Kuhherden oder Blumensträuße oder kleine Kinder. Die größte und vornehmste Aufgabe von Künstlern war es, das Schicksal Christi, die Geschichte der Sintflut oder das ewige Leben im Paradies darzustellen.
Natürlich lebten aber in einer Stadt wie Florenz, die sich ihren Ruf mit Stoffhandel und Bankgeschäften erworben hatte, nicht nur lauter Klosterbrüder und fromme Schwestern. Es gab auch Bilder von Festumzügen oder Pferdejagden, von Getreideernten oder Schäferstunden. Aber die waren entweder auf die Wände der Hochzeitstruhen einer reichen Braut gemalt oder auf die Holzverkleidungen von prächtigen Wohnräumen. Sie waren als Motive in einen teuren Gobelin gewebt, als Schmuck auf Majolika-Teller getuscht oder illustrierten kostbare Handschriften. Sie waren Bilder einer anderen Ordnung, weil sie das Kunsthandwerk wie Tischlerarbeiten und Stoffe schmückten.

Geld spielt keine Rolle

Bilder mit geschichtlichen Ereignissen wie Schlachten gab es bisher, soweit Paolo wußte, nur in einigen Burgsälen und in Rathäusern. Langsam begann er zu verstehen, was Cosimo de Medici beabsichtigte. Der reiche Bankier und mächtigste

Tapisserien, wie dieser Turnierteppich, gehörten zum Schmuck höfischer Feste. Etwas mit ihrer Pracht Vergleichbares sollte Paolo für Medici malen.

Florentiner wollte sich mit den alten italienischen Fürstengeschlechtern messen. Wollte es den Adelsfamilien in Ferrara oder Mantua gleichtun. Schon sein Palast war größer als die üblichen Stadthäuser der Woll- und Stoffhändler. Aber das Innere des Hauses hatte Paolo doch überrascht. Sein Glück, daß Cosimo de Medici seine Schätze so gern zeigte. Auf einem Rundgang hatte er ihm einige kostbare Einlegearbeiten (Intarsien) erklärt, hatte Handschriften mit farbenprächtigen Illustrationen aus den Regalen hervorgezogen und ihm erzählt, wie lange er manchmal auf die begehrten Gobelins warten mußte, die aus Flandern kamen. Bewegliche Bilder hatte er sie genannt, weil sie, rasch aus

Man nannte Wandteppiche auch bewegliche Bilder. Auf Reisen wurden sie mitgenommen und bei Bedarf aufgehängt.

den Truhen genommen, entrollt und aufgehängt, ein Zimmer für einen Gast oder ein Bankett aufs vortrefflichste schmückten.

Mit diesen kostbaren textilen Behängen sollte er also wetteifern. Der Medici hatte ihm gesagt, er würde für alles aufkommen. Teure Silber- und Goldfarben für Rüstungen und Zaumzeug: kein Problem. Lacke und besondere Firnisse, um gewisse Emaileffekte zu erzielen: je mehr, desto besser. Er hatte gehört, daß Paolo sich mit dem Bemalen von Goldfolie auskannte. Davon wollte er gern etwas in seinen Bildern haben. Noch immer schwirrte Paolo der Kopf von all den Anforderungen, mit denen er bombardiert worden war.

Aber gut, der Handelsfürst hatte sich Bilder bestellt, auf denen er die Schlacht sehen wollte, die er mit seinem Geld finanziert und damit für Florenz zu einem glücklichen Ende gebracht hatte. Jeder, der in sein Haus kam, sollte sehen, was für ein ungewöhnlicher Mann er war. Er wollte für das Ansehen seiner Familie werben. Ein erstaunlicher Auftrag, Paolo würde alle Register seiner Kunst ziehen müssen.

DIE FLORENTINER LIEBEN TURNIERE

Auf dem Weg zu seiner Werkstatt grübelte Paolo Uccello aufgeregt, was er tun könnte, um Cosimo zu gefallen. Das Kriegshandwerk war bei den Bürgern der Kaufmannsstadt nicht beliebt. Die Florentiner kämpften lieber um Profit als für die Ehre auf dem Schlachtfeld. Sie übten ihre Macht mit dem Geld aus, das sie verliehen. Und mit dem sie sich Söldnerheere kauften, die ihre Kriege führten. Alles, was Paolo von Kämpfen wußte, kannte er aus Turnieren.

Der Maler ging, wie die meisten seiner Mitbürger, immer wieder gern zu den festtäglichen Turnieren, sah sich die geschmückten Ritter in ihren Eisenrüstungen an. Auf schwer behangenen Pferden ritten sie aufeinander zu, um sich mit Lanzen aus dem Sattel zu stoßen. Ein farbenprächtiges Geschicklichkeitsspiel. Oft gab es da etwas zu johlen. Wenn die Eisenmänner nämlich scheppernd auf den Boden stürzten und ohne fremde Hilfe nicht wieder hochkamen.

Paolo war dabeigewesen, als ein siebzigjähriger

Notar, mit kostbarem Kopfschmuck geckenhaft aufgeputzt, den Ritter spielte. Mit gestreckter Lanze war er auf seinen Gegner losgeschaukelt und hatte nur deshalb gewonnen, weil der andere viel zuviel Mühe damit hatte, überhaupt im Sattel zu bleiben. Bei jedem Turnier erzählte man sich diese Geschichte mit viel Spott.

Mehr als einmal hatte Cosimo de Medici bei Festlichkeiten solch ein altertümelndes Ritterspiel veranstaltet.

Ritterspiele in Rosengärten

Vor seiner Werkstatt machte Paolo nicht halt. Seine Gedanken waren in Schwung gekommen. Er ging weiter, im Geist immer das Bild vor Augen, das er malen sollte. Er dachte über seinen Auftraggeber nach. Cosimo de Medici war ein besessener Büchersammler. Überall hatte er seine Leute sitzen, die ihm dickleibige Folianten und zierliche illustrierte Bände verschafften. Er hortete Schriften über Sternkunde oder Mathematik, Kalender, Kräuterbücher und besonders die Schriften antiker Autoren. Diese studierte er aufmerksam, um sein Leben nach ihren Idealen führen zu können. Er hatte Paolo von der liebenswürdigen Angewohnheit der alten Griechen erzählt, große Mengen von Rosen nicht nur in die Gärten zu pflanzen, sondern sogar Wettkampfplätze und Reitbahnen mit Rosenhecken zu umgeben.

Eine Rosenhecke umgibt eine Wiese. Eine ähnliche Hecke malte Paolo in seiner «Reiterschlacht».

Aber Cosimo de Medici schwärmte nicht nur für die Antike. Der Kaufmann hatte eine Schwäche für alles Ritterliche und er liebte die modischen Ritterromane. Etwa den berühmten «Roman de la Rose». Und da Schriftsteller zu allen Zeiten von

anderen abgeschrieben haben, tauchte in dieser Ritter- und Liebesgeschichte ein von Rosen umwachsener Wettkampfplatz auf, so wie er im alten Griechenland üblich war.

Naturliebe ist Mode

Toskanische Landschaft hatte sich Cosimo de Medici als Hintergrund für die Schlacht von San Romano bestellt. Er wollte Felder sehen. Paolo erinnerte sich an Geschichten, die über den Handelsfürsten erzählt wurden: Draußen auf seinem Landgut grub er als Bauer verkleidet Felder um, pfropfte seine Bäume selbst und stutzte die Weinreben. Dort draußen führte der ehrsüchtige Mann das edle Leben in idyllischer Natur, von dem er in den Büchern des Dichters Petrarca (1304–1374) gelesen hatte.

Auch Petrarca hatte sich immer wieder in seinen Garten zurückgezogen. Da schaute er vom Hang der Euganeischen Hügel aus über die paradiesische Landschaft und dachte nach über Männer wie den alten Philosophen Diogenes, der Wasser nicht aus der Tasse, sondern aus der hohlen Hand trank. Aber Petrarca war nicht arm, sondern besaß auch noch ein schönes Haus in der Stadt. Und auch Cosimo de Medici spielte den Bauern nur, weil es als Tugend galt, bescheidene Natürlichkeit zu lieben.

Noch etwas gehörte zu den Gärten italienischer Edelleute: ein Tiergehege. Manchmal war es eine ganze Menagerie, also eine Sammlung seltener Tiere. Manchmal war es ein großes umzäuntes Jagdgehege. Es gab auch das sogenannte «Leporarium», die Hasenecke, in der Kaninchen für die Küche gehalten wurden. Mehr Spaß machte den Edelleuten allerdings die Jagd. Sie war ein fürstliches Vorrecht. Der Medici hatte Paolo alte Bücher gezeigt mit Illustrationen, auf denen mit der Armbrust bewaffnete Edelleute in einem Tier-

Die Hasenecke

Auch die Hasenjagd war ein adliges Vorrecht.

Medici ließ Paolo diese Hasenjagd in den Hintergrund der «Reiterschlacht» malen.

garten hinter hoppelnden Kaninchen herpirschen. Ein ziemlich lächerliches Vergnügen für erwachsene Männer. Aber damals war das so, und Cosimo de Medici, der es den Fürsten gleichtun wollte, wünschte sich für seinen Wohnraum die Darstellung eines fürstlichen Zeitvertreibs.

Paolo trifft Entscheidungen

Paolo wußte, daß sein Auftraggeber keine streng wirklichkeitsgetreue Wiedergabe der Schlacht von San Romano erwartete. Die Bilder sollten bei den Gästen des Medici Eindruck machen, bewundert werden und Gesprächsstoff liefern. Er würde, so entschloß er sich, eine Geschichte erzählen, mit verschiedenen Akten wie bei einem Schauspiel. Er notierte sich Stichpunkte:

Erster Akt: Der Heerführer Niccolò da Tolentino prescht an der Spitze seiner Reiter auf das Schlachtfeld, alle Lanzen hocherhoben. Das Banner flattert im Wind. Die ersten Lanzen senken sich. Zwei florentinische Söldner greifen an.

Um Niccolò da Tolentino als Helden zu zeigen, würde er ihm das Gepränge eines Ritters aus den Minneromanen geben. Auch die Schlacht sollte dem Turnier aus einem Ritterroman gleichen. Direkt hinter Niccolò würde er eine Rosenhecke malen, als ob der Kampf in dem Garten eines Ritterromans stattfände.

Daneben sollten Granatäpfel prangen, als Symbol des Todes. Das wäre viel besser, dachte Paolo, als

Der Angriff: In teure Stoffe gehüllt, gleicht Niccolò da Tolentino eher einer Romanfigur als einem Krieger.

blutige Verletzungen zu malen wie auf den mittelalterlichen Märtyrerbildern, die nicht schrecklich genug sein konnten. Sie fesselten den Betrachter so sehr mit gräßlichen Einzelheiten, daß keiner mehr auf die Kunstfertigkeit achtete, mit der ein Maler sein Bild aufgebaut hatte.

Die Entscheidung: Der gegnerische Anführer wird aus dem Sattel gestoßen.

Zweiter Akt: Der Höhepunkt. Speere, Armbrüste und Lanzen sind auf den Gegner gerichtet. Etliche Ritter sind bereits gefallen und liegen hilflos mit ihren Pferden am Boden. Dann wird in der Mitte des Gefechtes der feindliche Anführer aus dem Sattel gestoßen. Die Sieneser wenden sich zur Flucht. Paolo nahm sich vor, diese spannende Szene wie

auf einem Karussell zu malen, das sich um den Hügel im Hintergrund dreht. Dadurch könnte er Bewegung ins Bild bringen und den Anschein erwecken, als zögen die kämpfenden Parteien wirklich am Betrachter vorüber. Schließlich wünschte Cosimo de Medici ausdrücklich, der Sieg der Florentiner sollte strahlend deutlich werden.

Dritter Akt: Die Schlacht ist eigentlich schon entschieden. Da stößt auf dem dritten Bild der Condottiere Micheletto da Cotignola auf seinem Rappen zu den florentinischen Truppen. Er führt noch mehr bis an die Zähne bewaffnete Krieger heran. Kurze Zeit kämpfen auch sie mit. Ihre Lanzen sind

Die Flucht: Der zweite florentinische Heerführer setzt den Feinden nach.

auf den schon fliehenden Feind gerichtet. Dann ist die Schlacht vorüber. Fußvolk kommt heran. Sie heben die Füße der siegreichen Reiter aus den Steigbügeln und beginnen, den in ihren Rüstungen fast unbeweglichen und hilflosen Söldnern vom Pferd zu helfen.

Drei Bilder malte Paolo in den folgenden Jahren. Jedes einzelne enthält verschiedene aufeinanderfolgende Szenen. Sind es zusammen sechs, sieben oder acht? Wie viele zählst du? Aber das Schlachtengeschehen an sich ist nur die erste Information, die der Künstler dem eiligen Bilderleser lieferte. In die Gemälde arbeitete er auf Wunsch von Cosimo etliche Sonderthemen ein wie die Hasenjagd oder die Rosenhecke. Schilderungen, mit denen die Betrachter angenehm unterhalten werden sollen: die Leute der Frührenaissance genauso wie du.

6
Viel geschieht neben der Reiterschlacht

Jemand führt dich durch das Bild

Mit vollen Backen bläst der junge Florentiner in sein Horn. Die Fanfare soll laut schallen, alle müssen sie hören. Seine Aufgabe ist wichtig. Er gibt den Kameraden das Zeichen, daß sie angreifen sollen. Er treibt sie voran. Er pustet sich schier die Lunge aus dem Leib, um nur ja nicht vor Angst kehrtzumachen und Reißaus zu nehmen vor dem Gemetzel.

Vor ihm beugen sich die voranstürmenden Reiter tief über den Nacken ihrer Pferde. Kein Fleckchen Haut, kein Büschel Haar ist von ihnen zu sehen. Die meisten Menschen auf diesen Schlachtenbildern könnten ebensogut Roboter sein oder Schachbrettfiguren. Zwar siehst du an der spannendsten Stelle, da wo der gegnerische Anführer fällt, das Gesicht einiger Fußleute von der Seite. So richtig lebensnah treten aber nur die beiden Condottieri auf – und in jedem der drei Bilder noch eine weitere Person. Das sind die Hornbläser und der Page, der direkt hinter Niccolò da Tolentino reitet.

Paolo hat sie so echt gemalt, damit sie dir schnell auffallen. Du sollst sie rasch finden, so wie den Hotelboy, der Gäste abholt, oder den Fremdenführer an einem von Menschen überfüllten Platz. Sie nehmen dich mit in die Geschichte, damit du nicht unbeteiligt davor stehenbleibst. Der Page schaut an seinem Herrn vorbei, fast starr auf den Kampf: das Hauptmotiv der Bilder. Die Hornbläser blicken schräg nach oben bis über die Gemälde hinaus, dorthin, wo alle Welt sie hören soll.

Die Aufgabe von Figuren wie dem Hornbläser gleicht der eines Moderators in einer Fernsehshow. Er soll überdeutlich auf das, was geschieht, hinweisen. Renaissancemaler wie Paolo Uccello haben

Links guckt ein Mönch auf das heilige Kind. Rechts schaut eine himmlische Gestalt zu den Engeln auf.

diesen Kunstgriff aus großen kirchlichen Festspielen übernommen, wo oft ein Engel die Rolle des Vermittlers zwischen Publikum und Darstellern übernahm. Wenn du einmal in Florenz oder München durch die Sammlungen von Bildern aus der Renaissance gehst, wirst du auf den verschiedensten Gemälden Hirtenknaben, Propheten, Engel und Pagen finden, die dir mit ihrem Blick oder mit einer Geste etwas zuzwinkern oder andeuten.

PROBLEMHÜTE

Zwei Personen in der geisterhaften Schlacht siehst du sofort. Wie Kronen sitzen mächtig aufgetürmte Hüte aus kostbarem Stoff auf dem Kopf von Niccolò da Tolentino und Micheletto da Cotignola. Es ist nicht so recht auszumachen, ob diese Kopfbedeckungen rund sind oder flach. Ob sie zwei- oder dreidimensional wirken. Je nachdem, wie du guckst, scheint sich das zu verändern. Dieses Verwirrspiel zieht das Auge an. Und wieder kannst du feststellen, daß Paolo eine besondere Dreingabe in sein Gemälde eingebaut hat: «Problemhüte», optische Spielzeuge oder «geometrische Suchbilder».

Gut informierte Besucher des Cosimo de Medici mögen gewußt haben, daß Florenz seinen Krieg gegen Lucca deshalb angezettelt hatte, weil diese Stadt ein unliebsamer Konkurrent auf dem Stoffmarkt war. Die beiden Stoffkronen, die Paolo übrigens genau nach der damaligen Mode gemalt hat (Tolentinos sogar auf Goldfolie), könnten Erkennungszeichen gewesen sein, wie heute die Seehunde für Greenpeace-Verfechter.

TECHNISCHES KÖNNEN WIRD HOCH BEZAHLT

Wichtiger aber war Uccellos perspektivisches Spiel. Schließlich hatte Cosimo de Medici ihn mit dem Bild von der Reiterschlacht beauftragt, weil er diese neue Technik beherrschte. Denn künstlerisches Genie allein interessierte den nüchtern rechnenden Kaufmann und seine Zeitgenossen wenig. Ein Kunstwerk wurde nach Fakten beurteilt – wie ein Pferd, das vor allem schnell sein sollte.

Zwar zahlte Cosimo de Medici eine Menge Geld für kostbare Farben, wie es Tradition war, aber er ging auch mit der Mode. Ihn und seine Geschäftspartner faszinierte technisches Wissen. Ein bißchen Fachsimpeln wie heute über die neueste Hi-Fi-Anlage oder die besten Computerprogramme gehörte zum guten Ton. Illusionistische Raumgefüge, perspektivische Verkürzungen aller Art und geometrische Raffinessen waren ein beliebtes Thema. Und davon lieferte Paolo Uccello dem mächtigen Mann genug.

Ins Zentrum der Aufmerksamkeit gerückt: ein aus geometrischen Facetten zusammengesetzter Reifen, der sog. Mazzocchio.

Paolo krönte nicht nur die Condottieri mit Hüten.

Er setzte einigen Söldnern sogenannte Mazzocchi auf das Haupt. Die geometrische Darstellung dieser kreisrunden Kopfbedeckung war Uccellos ganz besondere Spezialität, sein größter Handwerkerstolz. Immer wieder zeichnete er Mazzocchi als theoretische Übung auf Extrablättern, teilte sie in Facetten auf, tuschte sie einfarbig an, machte sich

Gedanken darüber, wie sie in Streifen aufgeteilt wirkten. Beweise seiner geometrischen Fingerfertigkeit, die er dem mächtigen Medici als besonderen Reiz ins Bild malte. Viele Künstler übernahmen Paolos Mazzocchi. Sie wurden so etwas wie ein Symbol in der Renaissance: Sinnbild für die Schönheit, die in der Geometrie liegt.

Vielleicht findest du dieses Vergnügen an geometrischen Figuren ziemlich abstrakt. In gewisser Weise sind diese Formen wirklich Vorläufer der ungegenständlichen Malerei in unserem Jahrhundert.

7

Perspektive heisst das Schlüsselwort

Der Maler ist ein wunderlicher Kauz

Paolo veranstaltete keine öffentlichen Vorstellungen der Perspektive wie Brunelleschi. Er schrieb auch keine Erklärungen darüber wie Ghiberti. Niemand weiß, ob er die alten Texte über Optik selbst gelesen hat. Vielleicht lernte er alles, was er über Perspektive wissen mußte, bei Ghiberti oder aus den Bildern von Masaccio. Reden, schreiben, debattieren und rechtfertigen sollten andere. Paolo, den Querkopf, interessierte der Ruhm als Theoretiker wenig. Er war ein Mann der Praxis. Er experimentierte lieber, probierte jede Möglichkeit aus, die ihm diese wunderbare Methode eröffnete. Bis in die Nachtstunden saß er über das Papier gebeugt, maß, rechnete und strichelte an seinen Mazzocchi oder der räumlichen Darstellung eines Kelches mit über zweihundert Schnittstellen.

Besessen von der Perspektive: Zeichnen bedeutete Paolo mehr als alles andere.

Noch hundert Jahre später berichtete der berühmte Giorgio Vasari, der als erster die Lebensläufe von Künstlern aufschrieb, von dieser Besessenheit Uccellos. Von Vasari haben wir die folgende Anekdote.

Des Abends, so schrieb Vasari, lockte Paolos junge Frau ihren Gatten sanft zu sich ins Bett. Aber der hatte sich wieder einmal so tief in seine Studien verbissen, daß er, statt seinem geliebten Weib zärtlich zu antworten, rief: «Oh, welch süßes Ding ist doch die Perspektive!» Vasari machte sich lustig über Paolos Beschränktheit, die, so Vasari, zu seinem Namen Uccello paßte. Übersetzt heißt er Vogel, aber auch einfältiger Gimpel oder wunderlicher Kauz.

Der Kunsthistoriker Giorgio Vasari: er machte sich über Paolo lustig.

Allerdings spielte bei Vasari noch etwas anderes eine wichtige Rolle: Der Dickschädel Paolo dachte nicht daran, sich an Regeln zu halten, die damals schnell von den führenden Malern für das Anwenden der angeblich richtigen Perspektive, der «Costruzione legittima», aufgestellt wurden.

KÜNSTLER-LEHRER ALBERTI

Neben Brunelleschi und Masaccio gehörte noch ein dritter Mann in das Entdecker-Trio der Perspektive. Leon Battista Alberti (1404–1472) war ein völlig anderer Charakter als der kauzige Paolo. Er stammte aus einer der vornehmsten florentinischen Familien, war weltgewandt, hatte Latein gelernt, Jura studiert und war mit siebenundzwanzig Jahren als Sekretär am päpstlichen Hof in Rom angestellt worden. 1434 kam er nach Florenz zurück. Ein Alleskönner, den seine Bekannten als Reiter und Fechter, als Astronom und Musiker rühmten. Er war dick Freund mit den wichtigsten Künstlern und malte selbst.

Alberti war kein Erfinder. Er folgte nur den alten Lehren, wenn er erklärte, der Mensch sehe mit Hilfe der Sehpyramide, einem im Auge zusammengeführten Strahlenbündel. Dabei unterschied Alberti drei Arten von Strahlen: Die äußeren Sehstrahlen nehmen ihm zufolge die Außenform jedes Gegenstandes wahr. Die mittleren geben Auskunft über Oberflächenqualität, Farbe, Licht und Schatten. Allein der Zentrumsstrahl, der sogenannte «Prinz der Strahlen», führt direkt vom Auge zum Objekt. Er ist der aktivste und stärkste Strahl und hält die Verbindung zum gesehenen Gegenstand am längsten. Soweit Alberti.

Eine interessante Theorie sagt, daß sich am anderen Ende dieses Strahles das Auge Gottes befinde. Auf diese Weise wäre unsere Erkenntnis der Dinge von Gott gelenkt. (Etwa so, wie die Direktoren von Fernsehanstalten unser Wissen über Geschehnisse mit dem lenken können, was sie uns auf dem Bildschirm anbieten.) Eine bemerkenswerte Überlegung. Aber vielleicht gehörst du wie Paolo Uccello nicht zu den Menschen, die sich so an die Leine des «Sehstrahls» legen lassen.

Alberti diktierte, wie Perspektive zu verstehen sei.

Aus der Lehre von der Sehpyramide und einigen anderen Überlegungen entwickelte Alberti eine neue Theorie der Malerei. Er beschrieb die Tafel des Malers als ein Fenster, durch das er die Welt sehe. Dabei funktioniere das Gemälde wie ein Schnitt

dieses Fensters durch die Sehpyramide. Mit dieser Feststellung gilt er bis heute als Erfinder der Perspektive. Im Jahr 1436 erschien Leon Battista Albertis Abhandlung «Über die Malerei», in der er klipp und klar erklärte, was Künstler zu beachten haben. Dieser Band wurde ein Bestseller und in immer neuen Auflagen gedruckt.

Links Was Perspektive vermag: Wie auf einer Rutschbahn gleitet dein Blick durch die Tür des Tempels direkt in die Unendlichkeit.

Die Entdeckung der Perspektive in der Frührenaissance war für die europäische Kunst außerordentlich wichtig. So wichtig, daß bis in unser Jahrhundert hinein jeder Malerlehrling ihre Gesetze büffeln mußte. Und so hilfreich, daß sie zu den sieben wichtigsten Regeln gehörte (neben Farbe und Zeichnung, Licht und Dunkel, Ausdruck und Proportion), nach denen Professoren an den späteren Malerakademien Bilder von Kollegen und Schülern beurteilten. Was aber noch lange nicht heißt, daß sie für die Kunst wirklich unentbehrlich ist!

Hauptsache, die Geometrie stimmt

Zwar stellte Alberti noch eine ganze Reihe von weiteren Anforderungen für ein anständiges Bild auf. Aber Hauptsache für ihn war, daß die Geometrie stimmt. Wer die nicht beherrschte, war eben bloß «Handwerker» und keiner von den neuen «wissenschaftlichen» Künstlern. Wichtig war, wie du schon bemerkt hast, der Zentrums- oder

Jedem ist sein Platz zugewiesen, wie den Figuren in einem Spiel.

Fluchtpunkt, auf den alle in die Tiefe laufenden Bildschrägen fixiert sind. Bilder, die streng nach dieser Regel gemalt sind, sehen alle furchtbar aufgeräumt aus. So, als ob ein starker Magnet die Dinge in seine Richtung zöge. Und wir bekommen das Gefühl, daß wir einäugig, mit Scheuklappen durch die Welt laufen und alles nur auf einem vorbereiteten Leitstrahlensystem sehen.

Albertis Ein-Punkt-Perspektive kam Paolo unerträglich simpel vor. Außerdem war ihm schnell klargeworden, daß sie keineswegs der Wirklichkeit entspricht. Paolo probierte und veränderte die Perspektive, soviel er nur konnte, und erfand so immer neue Raumeffekte.

Die Perspektive auf dem Prüfstand

Auch die «Reiterschlacht» wurde ein gewaltiges Experiment. In jedem der drei Teile probierte

Paolo etwas anderes aus. Die Hauptszene, in welcher der gegnerische Anführer fällt, malte er so, als fände sie auf einer Bühne statt. Damit du diesen schmalen vorderen Raum deutlicher wahrnimmst, legte er zerbrochene Lanzenteile zu einem Schachbrettmuster aus. Und wie in einem richtigen

Theater gibt es eine auf Leinwand gemalte «Zwischenkulisse». Darauf hatte Paolo eine Landschaft gesetzt. Hinter dieser Kulisse marschieren weitere Söldner auf, von denen du zunächst nur ein paar

Lanzen und Köpfe siehst. Und am rechten Bühnenrand verschwindet, schon in weiter Ferne, ein Reitertrupp. Ganz hinten kannst du eine weitere Landschaft entdecken. Sie bildet sozusagen die Rückmauer des Theaters.

Ein einziges Bild dieser Schlachtenreihe ist über drei Meter breit. Paolo hatte also Platz. Und wie auf einem Panorama malte er einen Abschnitt neben den anderen. Zuerst wird angegriffen. Dann steigt ein Pferd vor Schreck über seinen gestürzten Artgenossen. Schließlich fliehen die besiegten Gegner. Immer wieder erfindet Paolo auf die einzelne Szene hin Vorder- und Hintergrund, schiebt Figuren übereinander. Dein Auge muß stehenbleiben, dann weiterwandern, um alles zu erfassen. Ebensogut könntest du in einem Buch Seite für Seite umschlagen und jedes Bildteil einzeln ansehen. Ein Trick, mit dem

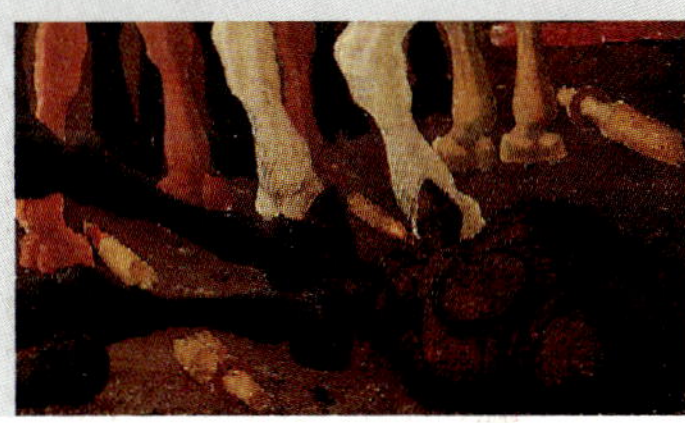

Schach spielte man gerne in Gärten. Vielleicht fand Paolo hier die Idee für seine «schachbrettartige» Reiterschlacht.

Paolo in einem Bild, das, fotografisch gesehen, nur einen Moment zeigen kann, eine lange Geschichte erzählt. Er hat sogar dafür gesorgt, daß wir meinen, etwas von dem Schlachtengeräusch zu hören. Posaunen sind zum Himmel gerichtet, und die Pferde tragen Schellen an den Schwänzen.

Schaust du allerdings das Gemälde nur einmal ganz schnell von vorn an, siehst du das Wichtigste: Der Feind wird vom Pferd gestoßen. Daneben bleibt alles andere Gewimmel. Genauso ginge es dir wahrscheinlich, müßtest du eine richtige Schlacht beobachten. Du kannst eben nicht alles gleichzeitig sehen.

Keiner hatte Angst davor, Ideen zu stehlen: stets haben Künstler schon vorhandene Bildlösungen nachgeahmt. Der Berg, hinter dem Soldaten aufmarschieren, war ein verbreitetes Motiv.

Um so vieles nebeneinander erzählen zu können, verknüpfte der schlaue Paolo zwei Malweisen. Er konstruierte einen perspektivischen Raum vorn. Und er zog eine hügelig dreieckige Kulisse ein, die flächig gemalt ist wie die Bilder im Mittelalter.

Ein Wald aus Lanzen

Denk dir einmal alle weißen und roten Lanzen auf der «Reiterschlacht» weg. Sofort stellst du fest, daß etwas Wesentliches fehlen würde. Wie zwei bunte Haufen von Mikadostäben rahmen Lanzen rechts und links das Bild ein, sie bilden ein phantastisches lineares Muster vor dem dunklen Hintergrund. Außerdem teilen sie den Boden so in Spielfelder ein, daß wenigstens ein Schimmer von Ordnung in dem wilden Durcheinander zu erkennen ist.

Und dann ist da noch die wichtigste Lanze. Nicht rot, nicht weiß, sondern schwarz ist der Stab, mit dem Tolentinos Mann den gegnerischen Anführer vom Pferd stößt. Da du Paolo inzwischen als mathematischen Konstrukteur kennengelernt hast, kommt dir sicher gleich der Verdacht, daß es mit dieser Lanze noch eine besondere Bewandtnis hat.

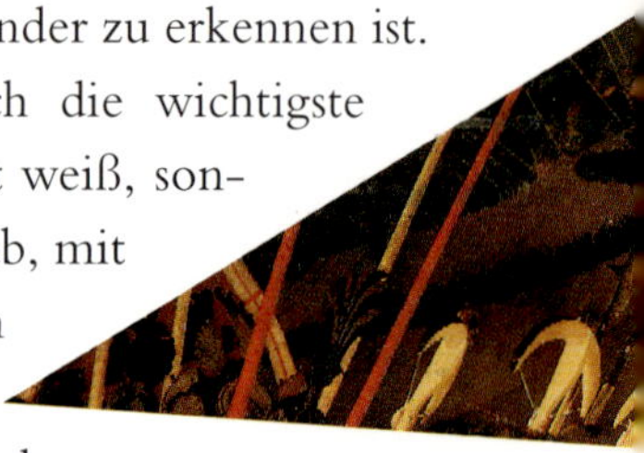

Der Tüftler Paolo deutet eine Dreiecksform an. Wir sind ihm auf die Schliche gekommen. Die hügelige Landschaft im Mittelgrund: ein Dreieck. Das weiße Roß mit dem

blauen Zaumzeug und die beiden gefallenen grauen Rösser: auch ein Dreieck. Die schwarze und die nach oben gerichteten Lanzen: fast ein Dreieck. Die schwarze Lanze und die auf den am Boden liegenden Reiter gerichtete weiße Lanze (die vom Titelbild): noch ein Dreieck. Es lebe die Geometrie!

ZU VIELE BEINE, ZUWENIG KÖPFE

Wie wär's, wenn man eine Schlacht eher von unten als von oben sieht, dachte der listenreiche Paolo vielleicht. Oder er wollte beweisen, daß er Tiefenraum auch mit einem ganz anderen Rezept erzielen kann. In der letzten Szene der «Reiterschlacht», da wo der Condottiere Micheletto da Cotignola auf seinem Rappen herbeigestürmt kommt, probierte Paolo es aus.

Wenn du dir einmal nur das untere Drittel des Bildes anschaust, siehst du außer Beinsalat nur noch ein paar Grassoden. Rot, weiß, blau bestrumpfte Füße und Waden eilen in der linken Bildhälfte

voran. Rechts findest du ein staksiges Unterholz aus Pferdebeinen. Fast wie ein moderner abstrakter Maler hat Paolo hier Farbbalken verteilt.

Läßt du deinen Blick nun nach oben wandern, findest du vier Pferde, darüber einige Söldner mit Helmen. Sie lassen sich leicht durchzählen und er-

geben einen so kleinen Haufen, daß damit bestimmt keine Schlacht gewonnen werden könnte. Trotzdem erweckt Paolo den Eindruck, als marschiere hier ein imposanter Heerhaufen. Denn von all den Reitern und Speerträgern und Armbrustschützen, die auf dem Bild keinen Platz mehr haben, siehst du die Beine im Dickicht unter den Pferdeleibern.

Diese Staffelungstechnik ist übrigens schon zu Paolos Zeit ein uralter Künstlertrick. Schon die mittelalterlichen Buchillustratoren benutzten hintereinandersortierte kleine Reitergruppen als Bildkürzel für Krieg und Schlacht.

Auch so kann man einen Heerhaufen auf kleinem Raum malen: mit vielen Köpfen und wenigen Beinen.

Dreimal versuchte Paolo in der «Reiterschlacht» die Illusion eines echten Kampffeldes in der Landschaft zu vermitteln. Doch Schachbrettmuster aus Lanzenteilen und hintereinandergestaffelte Pferdebeine halfen ihm nur, den Vordergrund zu gliedern. Für die Sicht in die Ferne boten sie keine Lösung. Zwar malte Paolo Landschaften, aber sie blieben so flächig, daß er im letzten Bild lieber ganz darauf verzichtete.

Nicht nur Paolo, alle neuen Perspektive-Künstler hatten Schwierigkeiten mit der Landschaft. Ohne gerade Kanten, Pflasterritzen oder Arkaden für ihre Meßarbeiten waren sie hilflos. An Hügel und Flußläufe ließ sich eben kein Lineal anlegen.

LANDSCHAFT HAT KEINE GERADEN LINIEN

Tal mit Hügeln im Raster: hier wird perspektivische Landschaft geometrisch vorgestellt.

Trotzdem versuchten einige Künstler, das Problem auf bewährte Weise anzupacken. Und du kannst so kuriose Lösungen entdecken wie die von Giovanni di Paolo, der die Landschaft in ein Quadratnetz aus Rollfeldern verwandelte.

Natürlich gab auch Uccello nicht auf. Er probierte weiter. Auf einem Fabelbild begegnet dir Niccolò da Tolentinos weißes Roß wieder. Mit schnaubenden Nüstern steigt es auf vor einem echsenartigen Monstrum, das ein kleines Mädchen geraubt hat. Es ist die Geschichte vom heiligen Georg, der auszog, den Drachen zu besiegen. Wieder mißachtete Paolo Albertis Perspektive-Regeln. Und statt einen Blickpunkt festzulegen, wählte er einfach zwei ganz unterschiedliche.

Deshalb können deine Augen jetzt links auf diesem

Der heilige Georg besiegt den Drachen: ein Fabelbild mit viel Raum für Landschaftsexperimente.

Bild bergan spazieren, auf einer Feldstraße entlang, bis zu der etwa eine Stunde entfernt liegenden Stadt. Rechts, auf der anderen Seite der Drachenhöhle, wandern deine Augen über Felder bis zu einem Gebirgszug. Hier ist viel mehr Himmel zu sehen. Denn Paolo hat den Horizont tiefer gemalt als auf der anderen Seite. Er gibt dir zwei Informationen über die Landschaft und fordert dich auf, sie selbst zusammenzufügen. Genau so, wie dein Gehirn die Blickfelder deiner beiden Augen zu einem Bild zusammensetzt.

Na ja, wirst du sagen, so viel besser als in der «Rei-

Hier probiert Paolo Neues: ein weit heruntergezogener Horizont, Mondnacht und Gewitterstimmung.

terschlacht» ist diese Landschaft noch nicht. Die Bäumchen an der Landstraße sind doch alle gleich groß, ganz egal, wie weit weg sie sind. Und die Feldmark gleicht einer Patchworkdecke.

Zwei Jahrzehnte später malte Paolo dasselbe Thema noch einmal. Alles hat sich geändert. Die Prinzessin ist kein ängstliches Mädchen mehr, sondern eine blasierte bleiche Dame. Der Drache ist kein Monstrum, sondern ein Zirkustier, das sie an der Leine hält. Die Stadt ist verschwunden. Dafür schaust du neben der Höhle in eine nächtliche Landschaft. Ein paar Federwölkchen ziehen am Himmel entlang. Der Mond scheint. Aber schon braut sich über dem Wald ein Gewitter zusammen. Das ist neu. Paolo hatte es geschafft, eine traumhafte nächtliche Stimmung zu malen. Das große Renaissance-Genie Leonardo da Vinci wird sich eine Generation später Anregungen aus diesem Bild holen. Und bewundernd wird man Paolo den Beinamen «Mondlicht-Maler» geben.

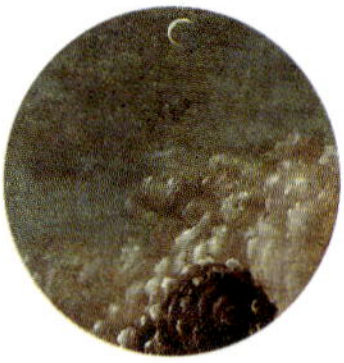

8
Reittiere in Mengen

Paolo hatte neben der Perspektive noch eine zweite Leidenschaft. Er war vernarrt in Pferde. Eine in seiner Zeit nicht ungewöhnliche Vorliebe. Manchem Zeitgenossen waren Pferde wichtiger als Menschen. Und man beurteilte die Bedeutung einer hochgestellten Person nach der Menge Pferde, die sie auf Reisen mitführte. Paolo häufte in seinem Haus Zeichnungen seiner Lieblingstiere an. Einen Reitstall mit edlen Rössern konnte er sich nicht leisten. Vielleicht durfte er das nicht einmal. Denn das Reiten galt im alten Florenz als Vorrecht der Mächtigen. Dafür malte er seine Lieblingstiere in allen nur erdenklichen Positionen. Rösser von vorn, von hinten, Rösser, die ausschlagen, die auf die Seite gefallen sind, Rösser, die steigen – und das am liebsten. Der Grund dafür ist einfach: So sehen sie am gewaltigsten aus. Später haben Künstler das genutzt und Herrscher vorzugsweise auf steigenden Rössern porträtiert. Sinnbild ihrer Überlegenheit.

DER MALER WAR AUCH EIN PFERDENARR

Hoch zu Roß: Fürstporträt auf einer Münze.

MASCHINEN-PFERD

Während Paolo an den Schlachtenbildern arbeitete, malte er nebenher ein einzelnes Reiterbildnis. Den Auftrag gaben ihm, kräftig angeregt von Cosimo de Medici, die Dombauherren. Die Aufgabe war, Giovanni Acuto auf seinem Roß zu malen. Dieser Giovanni Acuto alias John Hawkwood war Schneiderlehrling in London gewesen und so abenteuerlustig, daß er sich unter dem englischen König Edward III. zum Ritter emporarbeitete. 1377 verdingte er sich als Condottiere bei den Florentinern, schlug ihre Feinde und blieb bis zu seinem Tod 1394 treu in Diensten der Stadtrepublik. Vom tapferen Schneider war er zum Militärmachthaber aufgestiegen: eine Selfmade-Karriere, die florentinische Geschäftsleute besonders beeindruckte.

Die Pferde von San Marco: die Venezianer hatten die Bronzestatuen auf einem Kreuzzug aus dem Hippodrom in Konstantinopel geraubt.

Am 30. Mai 1436 begann Paolo mit der Arbeit. Das beste Roß war gerade gut genug für diesen Helden, dachte er und wählte sich die berühmten bronzenen Pferde von San Marco in Venedig als Vorbild. Er nahm ein Quadratnetz zu Hilfe und machte sich nach den Gesetzen der Geometrie eine Vorzeichnung von Roß und Reiter. Sie sollten plastisch wirken wie eine Skulptur. Er wählte für sein Wandbild grüne Erdfarbe, «Terra verde», um Bronze vorzutäuschen. Die Arbeit war kaum abgeschlossen, da gab es Turbulenzen. Was geschehen ist, wissen wir nicht. Ob Paolo eine verkehrte

Wie mit dem Zirkel gemalt: das Roß scheint aus Kugeln und Scheiben zu bestehen.

Sicht gewählt hatte, ob ein technischer Fehler aufgetreten war – jedenfalls stoppten die Dom-Bauherren die Arbeit. Paolo mußte das Werk wiederholen. Trotzdem war am 31. August, nur drei Monate nach der Auftragserteilung, sein Reiterbildnis fertig und wurde für gut befunden.

Paolos Schlachtroß sieht aus, als sei es mit dem Zirkel gemalt. Als käme es aus einer auf Kugeln und Scheiben spezialisierten Schmiede. «Kriegsmaschine» nannte es jemand, so technisch wirkt es. Und auch der Reiter gleicht bis auf das Gesicht eher einem Außerirdischen als einem Menschen aus Fleisch und Blut. Der Kriegsgott in Person, mögen die Dom-Bauherren gedacht haben. Für heutige Kunstgeschichtler ist das Maschinenpferd mit seinem stählernen Reiter ein Lieblingsstück. Denn erstens wählte sich Paolo treu nach Renaissance-Gebrauch ein antikes Pferd als Vorbild. Und zweitens hatte vor Paolo nur Masaccio ein Wandbild nach den Gesetzen der Perspektive gemalt.

Stolz setzte Paolo seinen Namen mitten auf den Sockel, auf dem das Reiterbildnis steht: PAVLI UGIELLI OPVS schrieb er in «sehr großen Buchstaben» darauf, wie es der Künstlerbiograph Vasari spöttisch notierte. Paolo war also ein anerkannter Spezialist für Pferdebilder.

Lehrbuch der Vierbeiner

Die «Reiterschlacht» gleicht, wenn du einmal nur auf die Vierbeiner achtest, einem Lehrbuch zum Malen der verschiedensten Positionen von Pferden mit Hilfe der Geometrie. So ballrund erscheint ihre Hinterhand, so perfekt der Zirkelschlag um ihre Hufe, so makellos die Neigung ihres Halses. Jedes von ihnen ist in der Position erstarrt, die Paolo festhält. Das gibt den Szenen etwas seltsam Traumhaftes, so als stünden hier Figuren auf einem Spielfeld und warteten auf jemanden, der sie weiterschiebt. Man könnte den Verdacht hegen, die Pferde seien Hauptthema in Paolos Bild und alles um sie herum nur Beiwerk. Schließlich galt eine Sammlung edler Araberpferde in der Renaissance genausoviel wie eine kostbare Edelstein- oder Antikenkollektion. Mit Leidenschaft diskutierten die kleinen und großen Tyrannen Italiens, die Fürsten und mächtigen Kaufleute die Schönheit ihrer Pferde, als seien sie Kunstwerke. (Genauso wie du heute über das Design von Ferrari und Porsche redest.) Und Maler, die es theoretisch genau wissen wollten, suchten beim Pferd ebenso wie beim Menschen nach den idealen Proportionen.

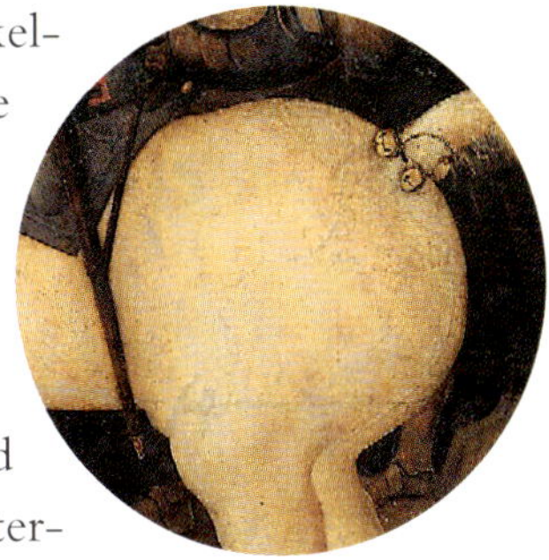

Paolo war nicht nur Formentüftler, er war auch jemand, der mit Farben jonglierte, und zwar sehr selbstbewußt und keineswegs immer wirklichkeitstreu. Er hat die Streitrösser gemalt, als seien sie aus schwar-

zem Ebenholz geschnitzt, aus grauem Metall gegossen, aus Elfenbein gedrechselt oder in Terrakotta geformt. Das läßt ihre Bilder wertvoll wie Skulpturen erscheinen.

Noch etwas fällt eigentümlich auf. Bei den Pferden hat Paolo die Augen nicht verborgen, so daß sie menschlicher wirken als die gepanzerten Figuren auf ihnen. In einem guten Bild, so verlangte der auf das System bedachte Alberti in seiner Abhandlung «Über die Malerei», sollten die verschiedensten menschlichen Charaktere und Gefühle zu sehen sein. Darin erweise sich die Kunstfertigkeit des Malers. Schon möglich, daß Paolo, der ein Filou war, diese Vorschrift auf seine Pferde in der «Reiterschlacht» anwandte.

Die Jagd – Perspektive in der reinsten Form

Du sollst nicht glauben, der eigensinnige Paolo hätte keine biblischen Geschichten gemalt. Schließlich waren Klöster immer noch die wichtigsten Auftraggeber. Und zu seinen berühmtesten Bildern gehört zum Beispiel eine perspektivische Darstellung der Sintflut. Aber genauso wie er sich keiner sturen Perspektive-Regel unterwerfen wollte, nahm er sich die größtmögliche Freiheit bei der Wahl seiner Bildmotive. Eines seiner letzten und für die Zeitgenossen ungewöhnlichsten

Bilder war «Die Jagd». Eine Malerei auf einer Holztafel, die wohl zu einer Gruppe farbig gefaßter Holzmöbel gehörte.

Paolo zeichnete sich für dieses Bild kein helfendes Ordnungsgitter auf. Das brauchte er auch nicht, denn er ließ die Jagd in einem schnurgerade aufgepflanzten Forst stattfinden. Eichen und Baumstümpfe bilden ein so solides Perspektivraster, daß es sich ebensogut um gebaute Säulengänge einer großen Kathedrale handeln könnte.

Auf diesem gut organisierten Spielfeld exerzierte der inzwischen mehr als siebzig Jahre alte Paolo noch einmal sein Lieblingsthema durch. Du entdeckst eine Vierertruppe Pferde am linken Bildrand. Drei davon im Ansprung, eines steht wie angewurzelt. Rechts geht ein Zweierpaar ordentlich versammelt Schritt, genauso wie ein überirdisch glänzender Schimmel, den du schräg von hinten siehst. Ein Fuchs vollführt eine Vollbremsung, und im Hintergrund galoppieren versprengt einzelne Rösser durch den Stangenwald.

Damit nicht alles, wie von einem gewaltigen Sog angezogen, in der tiefen Waldmitte verschwindet, hat Paolo drei «Perspektiv-Schachteln» angelegt, mit drei Fluchtpunkten, die jeweils zwischen den großen Bäumen im Vordergrund liegen. Du erinnerst dich: Die «Reiterschlacht» hatte er mit ganz ähnlichen Raumabteilungen aufgebaut. Dazwischen wimmelt es von Hunden, Hirschen, schreiend über den grasweichen Boden laufenden Treibern und stöpselnasigen Reitern. Doch ganz gleich, wie groß das Durcheinander ist, die Geometrie hält Ordnung. Und genau in der Mittel-

achse oben zwischen den Wipfeln steht die Mondsichel: das Symbol der Jagdgöttin Diana, eines der Erkennungszeichen des «Mondscheinmalers» und Erfinders magischer Szenen Paolo Uccello.

Der Gegensatz erzielt die Wirkung: nach strengem Regelmaß aufgereihte Bäume und mittendrin die wilde Jagd.

Paolos Zeitgenossen glaubten an die Macht der Gestirne: In der «Jagd» steht der Mond im Zentrum. Hier, in einer ähnlich aufgebauten Waldszenerie, ist es die Venus.

9
Das Ende und was danach kommt

Alt und vergrätzt

Paolo hatte es in seinem Leben zu einigem Wohlstand gebracht. Er besaß allerdings kein Schloß wie der große Ghiberti, sondern nur ein Haus in Florenz und ein Landgütchen. Spät, mit fünfundfünfzig Jahren, heiratete er, was uns eigentlich mehr wundert, als wenn er es nicht getan hätte. Und seine junge Frau hatte an seiner eigenbrötlerischen Lebensweise offensichtlich nicht nur die reine Freude. Paolo zeugte einen Sohn und eine Tochter, die beide von ihm das Malerhandwerk lernten. Je älter Paolo wurde, desto mehr klagte er, stritt sich mit den Steuereinziehern herum, schrieb, er sei arm und krank und habe keine Arbeit – was nicht ganz den Tatsachen entsprach. Er war verbittert, weil kaum noch jemand seine Anstrengungen schätzte. Sein störrisches Wesen hatte ihn zum Außenseiter gemacht. Ganz andere, elegant malende Künstler, Freunde von Alberti, standen jetzt bei seinen ehemaligen Auftraggebern wie den Medicis in der Gunst und wurden an andere Höfe weiterempfohlen. Der eigensinnige Paolo hatte ausgedient und fertigte Entwürfe für perspekti-

Zwar kein Schloß, aber immerhin ein kleines Gut wie dieses konnte sich Paolo kaufen.

vische Einlegearbeiten an. 1475, in dem Jahr, in dem der große Michelangelo geboren wurde, starb das seltsame Genie Uccello. Und es sollte über vierhundert Jahre dauern, bis er die Wertschätzung erhielt, die er eigentlich immer erwartete – und verdient.

Vergehen gegen die Kunst

Paolo Uccello hatte sich in seinen Bildern nicht an die Verabredungen gehalten. Das wurde ihm zum Verhängnis. Giorgio Vasari, einfluß- und wortreicher Künstlerbiograph der Renaissance, rechnete ihm seine angeblichen Fehler vor. Er habe die Zeichnung vernachlässigt. Er habe die Dinge in Farben gemalt, die in der Natur nicht vorkommen. Er sei so fanatisch auf Theorie und Perspektive fixiert gewesen, daß er einfache Sachverhalte unnötig kompliziert gemacht habe. Kurz: Paolo Uccello habe sich gegen die Kunst und die Natur vergangen.

Ein vernichtender Bannspruch: geschrieben von einem Mann, der selbst Künstler war und eine andere, gefällige Malweise pflegte. Aber keiner kritisierte Vasari, sondern alle plapperten ihm nach. Zwar wurde Paolo Uccello nie vergessen. Aber man tat ihn ab als schrägen Vogel und Sonderling in der Kunstgeschichte: einer, der sich in der Wissenschaft verloren habe und eigentlich kein Maler sei. So verweigerten ihm die Kunstkritiker die verdiente Anerkennung als großer Pionier in der Kunst. Als solche galten fortan nur Brunelleschi, Masaccio und Alberti.

So sah sich der Mann selbst, der Paolo kritisierte: Vasari porträtierte sich als St. Lukas, der die Jungfrau malt.

KÜNSTLER-HELD IM 20. JAHR-HUNDERT

Auch Vasari und Konsorten gehörten irgendwann zu den Oldtimern. Die Kunststile änderten sich. Auf die Renaissance folgte der Manierismus, und kunstvoll verdrehte Figuren wurden wichtig. Dann kam das Barock mit der Vorliebe für geschwungene Formen. Die Romantik wollte schwermütige Landschaften und das Biedermeier idyllische Stuben. In immer schnellerem Tempo lösten sich Kunstmoden ab, und schließlich war in Italien die Pittura metafisica, eine Art übersinnlicher Malerei, an der Reihe. Jetzt, nach über vier Jahrhunderten, entdeckten Künstler ihren wagemutigen Vorgänger wieder. Sie schätzten den Grenzgänger Paolo, der eine verzauberte Welt erfunden hatte mit phantastisch kostümierten Kriegern auf Rössern, die aussehen, als bestünden sie aus Stein und Metall.

Giorgio de Chirico malte Paolos Pferde neu und legte das abgebrochene Stück einer Säule auf den Boden im Vordergrund seines Bildes: eine Erinnerung daran, wie der große Alte seine Perspektivraster eingerichtet hatte.

De Chiricos Verneigung vor dem großen Meister: Kunstkenner finden schnell die Parallelen zu Paolos Werken.

Querkopf, Besessener, seltsamer Kauz –
ein lange verkanntes Genie: Paolo Uccello.

PS

Paolo Uccello hatte seine «Reiterschlacht» für einen Auftraggeber und einen Raum gemalt. Jahrhunderte blieben die Bilder im Besitz der Medici. Dann passierte ihnen das gleiche wie vielen großen Kunstwerken: Sie wurden auf Wanderschaft geschickt, wurden vererbt und verkauft, gelangten hierhin und dorthin. Über diese Abenteuerreisen von Kunstwerken schreiben Museumsleute lange Aufsätze. Jedenfalls mußt du heute weit herumkommen, wenn du die ganze «Reiterschlacht» im Original sehen willst. Der Teil mit dem Helden Niccolò da Tolentino hängt in der National Gallery in London. Der Teil mit dem Condottiere Micheletto da Cotignola gehört dem Pariser Louvre. Nur die Hauptszene, wo der gegnerische Söldner vom Pferd gestoßen wird, befindet sich noch immer in Florenz. Uffizien heißt die Adresse. Vielleicht kommst du ja mal dahin.

1397 Paolo di Dono, den man später nur noch Paolo Uccello nennt, wird als Sohn eines Barbiers und Chirurgen in Florenz geboren. Seine Mutter Antonia di Giovanni Castello del Beccuto stammt aus einer reichen florentinischen Familie.

1407 Beginn der Arbeit als Werkstattgehilfe bei Lorenzo Ghiberti.

1414 Eintritt in die Lukasgilde (die Malerzunft). Damit ist Paolo selbständiger Meister. Noch bleibt er bei Ghiberti.

1415 Eintritt in die mächtige Zunft der Ärzte und Apotheker. Ihr gehören seit über hundert Jahren die besten Maler in Florenz an.

1418 Paolo begibt sich auf Studienreisen, wahrscheinlich nach Pisa und Siena.

1424/25 Aufbruch nach Venedig, wo Paolo fünf Jahre bleibt und an den Mosaiken von San Marco arbeitet. Vor der Reise macht er sein Testament zugunsten des Hospitals von Santa Maria Novella in Florenz. Er verfügt seine Bestattung im Familiengrab von Santo Spirito.

Rüstung aus dem 15. Jahrhundert.

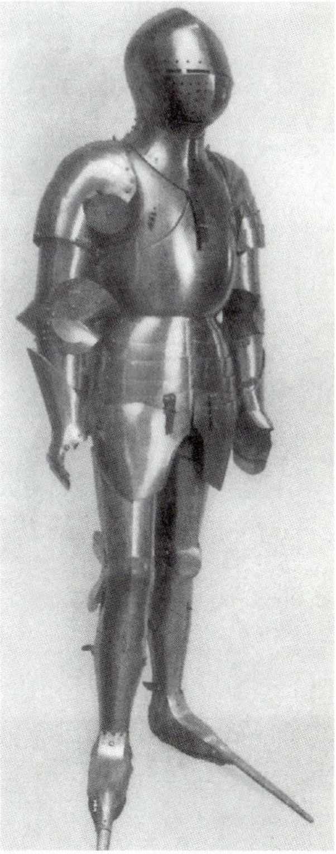

1430/31 Rückkehr nach Florenz. Paolo gibt dem Katasteramt sein Alter mit dreiunddreißig Jahren an.

1435/36 Vermutlicher Beginn der Arbeit an der «Reiterschlacht von San Romano» für Cosimo de Medici.

1436 Das «Reiterbildnis des Giovanni Acuto» für den Dom entsteht.

1439 Etwa zu dieser Zeit malt Paolo die Tafel «Der heilige Georg und der Drache». Ein Bildmotiv, das ihn offenbar

stark beschäftigte. In der National Gallery von Melbourne hängt ein um 1431 entstandener «Heiliger Georg mit Drachen», den einige Kunsthistoriker Paolo Uccello zuschreiben.

1440 Die letzte Tafel der «Reiterschlacht von San Romano» wird fertiggestellt.

1442 In seiner Steuererklärung führt Paolo Uccello eine angemietete Werkstatt in der Via delle Terme, ein eigenes Haus in der Via della Scala und einen beachtlichen Landbesitz in San Stefano in Ugnano bei Settimo an.

1445 Paolo reist nach Padua, vielleicht um seinem Freund, dem bekannten Bildhauer Donatello, bei der Arbeit an dem berühmt gewordenen Reiterstandbild des Gattamelata zu helfen.

1447 «Die Szenen aus dem Leben Noahs» entstehen, ein Hauptwerk Paolos in der Santa Maria Novella.

1452 Späte Heirat mit der etwa neunzehnjährigen Tomasa di Benedetto Malifici.

1453 Geburt des Sohnes. Paolo nennt ihm nach Donatello, seinem langjährigen Freund, Donato.

1457 In Florenz geht die Pest um. Paolo Uccello flieht aufs Land.

1461 Noch einmal malt Paolo den «Heiligen Georg und den Drachen», jetzt auf Leinwand.

1467 Paolo reist nach Urbino und malt für die reiche und mächtige Laienbruderschaft Corpus Domini neben anderen Bildern die Altar-Predella mit dem «Wunder der entweihten Hostie«.

Die verschiedenen Rüstungsteile nutzte Paolo zu immer neuen geometrischen Experimenten.

1469 Paolo legt seine berühmt gewordene Steuererklärung vor, in der er sich bitter über seine Lage beklagt.

1470 Nach der Rückkehr aus Urbino malt Paolo «Die Jagd», sein am besten erhaltenes Werk. Heute gehört es dem Ashmolean Museum in Oxford.

1475 Nachdem Paolo am 11. November ein neues Testament verfaßt hat, stirbt er. Am 12. Dezember wird er in Santo Spirito begraben. So, wie er es fünfzig Jahre zuvor verfügt hatte.

Paolo Uccello war ein Außenseiter. So empfanden ihn nicht nur seine Zeitgenossen, sondern auch seine späteren Bewunderer wie der Maler Giorgio de Chirico. Paolos Anderssein war zum einen Folge seiner ungewöhnlichen Schüchternheit. Zum anderen hatte es noch einen handfesten

äußeren Grund. Paolos Vater war Barbier. Sein Sohn kam deshalb als «Quereinsteiger» zur Kunst – so wie die Notarssöhne Brunelleschi und Ghiberti und auch der geniale Leonardo da Vinci, der Ziegelbrennersohn.

Als Barbier sah Paolos Vater keinen Grund, dem Sohn einen besseren Beruf zu wünschen. Denn diese Arbeit war zwar nicht hoch angesehen, aber einträglich, krisensicher und obendrein vielseitig. Sie umfaßte nebst Bart- und Haareschneiden Aderlaß, Zahnziehen, Stechen des Augenstars, Operieren von Leistenbrüchen, Amputieren von Gliedmaßen und Ausbrennen von Wunden.

Vielleicht war es gerade dieses blutige Geschäft zusammen mit dem Patientengeschrei, das Paolo der stummen heilen Welt der Künste in die Arme trieb. Es ist jedenfalls auffallend, daß in seinen Gemälden kaum Blut fließt. Sogar in seinen Schlachtenbildern wird ohne Blutverlust gestorben.

Quereinsteiger wie Paolo kamen mit anderen Erwartungen in die Lehre als jene «Normalen», die schon in der Wiege Marmorstaub oder den Geruch von Terpentin und Farben eingeatmet hatten. Quereinsteiger waren voller Ideale, Wünsche und hoher Ziele. Und je weniger sie bereit waren, diese den starren Regeln einer vorgegebenen Praxis zu opfern, um so mehr grenzten sie sich von ihren Kollegen als Sonderlinge ab.

Paolo hatte Glück, weil er in Lorenzo Ghiberti einen Meister fand, der selbst Quereinsteiger war und den Abstand vom eigenen Ideal zur Wirklichkeit kannte. Ghiberti hatte nie aufgegeben, diese Kluft zu überwinden. Von ihm lernte der Junge, daß man künstlerische Vollkommenheit nicht nur durch das Beherrschen der Handwerksregeln erreicht, sondern daß es nötig war, erst einmal die Wahrheit dessen zu ergründen, was man malen wollte.

Lorenzo Ghiberti

Es ist bezeichnend für Paolo, mit welcher Beharrlichkeit er sich der Perspektive verschrieb. Dabei interessierte er sich wie sein Lehrer für die Malerei der Vergangenheit genauso wie für die der Gegenwart. Und er wog die Vor- und Nachteile der alten und neuen Malweisen gegeneinander ab.

Zwar beanspruchten die modernen Methoden für sich, wissenschaftlich zu sein, denn sie ergaben Bildräume, die «realistisch» anmuten. Doch sie blieben starr und gleichgültig gegenüber dem, was sich in ihnen abspielt.

Die alten Methoden dagegen waren unwissenschaftlich. Sie führten zu Ergebnissen, die der Wirklichkeit weitgehend widersprachen. Aber man konnte mit ihnen Bildräume erzeugen, die sich selbst an den jeweiligen Handlungen zu beteiligen scheinen, weil sie auf diese maßgeschneidert sind.

«Paolo Uccello war zu sehr Künstler, um auf einen solchen Vorzug der alten Methoden zu verzichten.

Er wollte beides zugleich: die moderne Wissenschaftlichkeit der Methode und das Maßgeschneiderte eines flexiblen Bildraumes.
Er erreichte dieses Ziel am vollkommensten in ‹Der Jagd›, seinem letzten Bild. Hier gelang ihm das scheinbar Unmögliche: einen Wald so ins Bild zu setzen, daß er um so dichter und dunkler zu werden scheint, je weiter Jäger, Jagdhunde und Wild in ihn eindringen.
Der Wald wirkt zwar, als hätte ihn ein Gärtnergott gepflanzt. Aber das stramme Regelmaß seiner Stamm- und Kronenformen dient nur als Gradmesser der Bewegungen von Jäger und Gejagten. Es täuscht nicht darüber hinweg, daß von der unergründlichen Tiefe dieses Waldes eine geheimnisvolle Anziehungskraft ausgeht. Sie bewirkt, daß die scheinbar ganz auf die Hirsche konzentrierten Jäger unmerklich auf ein unbekanntes, verborgenes Fernziel hinsteuern. Die Jagd wird unversehens zum Symbol des menschlichen Lebens. Sie konnte es auf diese einmalige «realistische» Weise nur, weil es Uccello durch seine Tüfteleien gelang, die Gesetze der Zentralperspektive auf eine Waldlandschaft anzuwenden. Niemandem sonst ist im 15. Jahrhundert etwas Vergleichbares gelungen.» (Alexander Perrig)

Nikolaus Neleites

S. 2, 3, 5, 10, 14, 58, 60, 63, 68, 76/77, 80/81, 93, 94, 106–110 Paolo Uccello, «Die Reiterschlacht von San Romano», 1435/36. Florenz, Galleria degli Uffizi. SCALA, Istituto Fotografico Editoriale S.p.A., Antella (Firenze).

S. 10, 16/17, 59, 63, 65 Paolo Uccello, «Die Reiterschlacht von San Romano», 1435/36. London, National Gallery. Archiv für Kunst und Geschichte, Berlin.

S. 10, 61, 62, 65, 82/83 Paolo Uccello, «Die Reiterschlacht von San Romano», um 1440. Paris, Louvre. Ausschnitt. Archiv für Kunst und Geschichte, Berlin/Erich Lessing.

S. 12, 104 Paolo Uccello, Ausschnitt aus dem Gemälde «Die fünf Begründer der Florentiner Kunst», um 1450. Paris, Musée du Louvre. Archiv für Kunst und Geschichte, Berlin.

S. 13, 15 Cosimo de Medici, Marmorrelief von Andrea de Verrocchio, um 1460. Berlin, Staatliche Museen. Gene Brucker, Florenz in der Renaissance. Reinbek 1990.

S. 13, 30, 113 Lorenzo Ghiberti, Selbstporträt von der Paradiestür des Baptisteriums in Florenz, 1425–52. Richard Krautheimer, Lorenzo Ghiberti. Princeton, New Jersey, 1970.

S. 13 Leon Battista Alberti, Selbstporträt. Bronze-Plakette. Paris, Louvre. Joan Gadol, Leon Battista Alberti. University of Chicago 1969.

S. 18/19 Filippino Lippi, «Verkündigung an Maria». Ausschnitt. Neapel, Nationalmuseum. Franco und Stefano Borsi, Paolo Uccello. Stuttgart und Zürich 1993.

S. 20 Jacopo Pontormo, «Cosimo de Medici (il Vecchio)», um 1518/19. Florenz, Galleria degli Uffizi. Archiv für Kunst und Geschichte, Berlin / Erich Lessing.

S. 21 Palazzo Vecchio. Gene Brucker s.o.

S. 23 «Lorenzo Ghiberti», Radierung aus dem 18. Jh. Lorenzo Ghiberti nel suo tempo. Atti del convegno internazionale di studi. Florenz 1980.

S. 24/25, 95, 96/97 Paolo Uccello, «Die Jagd im Wald», um 1465–68. Oxford, Ashmolean Museum.

S. 26, 86 Paolo Uccello, «Der heilige Georg und der Drache», 1439/40. Paris, Musée Jacquemart-André. Borsi s.o.

S. 27, 28 Paolo Uccello, «Anbetung des Kindes», 1431/32. Karlsruhe, Staatliche Kunsthalle. Borsi s.o.

S. 27, 29 Paolo Uccello, «Das Wunder der entweihten Hostie», 1467/68. Urbino, Galleria nazionale delle Marche. Ausschnitt. Borsi s.o.

S. 27 Paolo Uccello, «Christus am Kreuz»,

1457/58. Madrid, Prado, Slg. Thyssen Bornemisza. Ausschnitt. Borsi s.o.

S. 29 Paolo Uccello, «Disput des Stephanus», 1434/35. Prato, Dom. Ausschnitt. Borsi s.o.

S. 31 Lorenzo Ghiberti, Nordtür des Baptisteriums in Florenz, 1401–24. Krautheimer s.o.

S. 32 «Das Goldene Rößl», um 1400. Teil. Altötting. Das goldene Rössl, Ein Meisterwerk der Pariser Hofkunst um 1400. Bayerisches Nationalmuseum 1995.

S. 33 Lorenzo Ghiberti, «Opfer Abrahams». Wettbewerbsentwurf, 1401. Florenz, Bargello. Julius v. Schlosser, Leben und Meinungen des florentinischen Bildhauers Lorenzo Ghiberti. München 1941.

S. 33 Torso eines Satyrs, 2. Jh. v. Chr. Florenz, Galleria degli Uffizi. Julius v. Schlosser s.o.

S. 36 Ambrogio Lorenzetti, «Die gute Regierung», 1338. Siena, Palazzo Publico, Sala della Pace. Ausschnitt. Archiv für Kunst und Geschichte, Berlin/Erich Lessing.

S. 38 Masaccio, Porträt. Aus Vasaris «Le vite», Ausgabe von 1568. Einar Rud, Vasari's Life and Lives, The First Art Historian. London 1963.

S. 39 Masaccio, «Trinità», 1425. Florenz, S. Maria Novella. Archiv für Kunst und Geschichte, Berlin.

S. 42 Giotto di Bodone, Porträt. Aus Vasaris «Le vite», Ausgabe von 1568. Einar Rud s.o.

S. 43 Giotto, «Verkündigung an Anna», 1303–5. Padua, Arenakapelle.

S. 44 Andrea Cavalcanti, «Filippo Brunelleschi». Reliefbüste am Grab Brunelleschis. Florenz, Dom. Gene Brucker s.o.

S. 45 Borsi s.o.

S. 49 Majolika-Teller, Deruta, um 1515. Oxford, Ashmolean Museum.

S. 51 «Turnierteppich Friedrichs des Weisen», Gobelin. Brüssel, um 1496. Valenciennes, Musée des Beaux-Arts. Ausschnitt. Archiv für Kunst und Geschichte, Berlin/Erich Lessing.

S. 52 Frans Hogenberg, «Die Abdankung Karls V.», Kupferstich. Wolfgang Brassat, Tapisserien und Politik, Funktionen, Kontexte und Rezeption eines repräsentativen Mediums. Berlin 1992.

S. 55 «Der Frühling», aus dem «Hausbuch der Cerrutti», 14. Jh. Dieter Hennebo, Gärten des Mittelalters. München und Zürich 1987.

S. 57 «Wie man den Hasen ihre Spur kreuzt», aus dem «Jagdbuch des Gaston Phoebus», 2. Hälfte 14. Jh. Paris, Bibliothèque Nationale. Hennebo s.o.

S. 64 Filippo Lippi, «Anbetung des Kindes», um 1455. Florenz, Galleria degli Uffizi. Borsi s.o.

S. 67 Fra Giovanni da Verona, Intarsienarbeit aus dem Studiolo des Herzogspalastes von Gubbio, 15. Jh. New York, Metropolitan Museum of Art, Rogers Fund. Fleur Richter, Die Ästhetik geometrischer Körper in der Renaissance, Stuttgart 1995.

S. 68 Paolo Uccello, «Mazzocchio». Florenz, Galleria degli Uffizi, Kupferstichkabinett. Borsi s.o.

S. 69 Paolo Uccello, «Kelch», Florenz, Galleria degli Uffizi, Kupferstichkabinett. Borsi s.o.

S. 70 Giorgio Vasari, Selbstporträt. Florenz, Galleria degli Uffizi. Artothek.

S. 70 Leon Battista Alberti, Selbstporträt. Paris, Louvre. Joan Gadol s.o.

S. 71 Leon Battista Alberti, «Selbstporträt». Rom, Biblioteca Nazionale. Mark Jarzombek, On Leon Battista Alberti, His Literary and Aesthetic Theories. Massachusetts 1989.

S. 72 Raffael, «Die Vermählung Mariens». Mailand, Brera. Konrad Oberhuber, Raffaelo. Mailand 1982.

S. 74/75 Pietro di Lorenzo, gen. Il Vecchietta, «Das Eselswunder des hl. Antonius von Padua», ca. 1440. München, Alte Pinakothek. Bayer & Mitko – Artothek.

S. 78 Meister E. S., «Liebesgarten mit Schachspielern», um 1460. Hennebo s.o.

S. 79 «Gefecht zwischen dem Reichsheer und hussitischen Truppen», Darstellung aus einer kriegstechnischen Handschrift, um 1450. Cod. 3062. Volker Schmidtchen, Kriegswesen im späten Mittelalter. Weinheim 1990.

S. 84 Kampf. Schmidtchen, Kriegswesen s. o.

S. 84 «Die Reiterschlacht» vom Karlsschrein, Aachen, nach 1165. Hans Müllejans (Hrsg.), Karl der Große und sein Schrein in Aachen. Aachen 1988.

S. 85 Giovanni di Paolo, «Die heilige Klara rettet ein Kind vor dem Wolf», Houston, Museum of Fine Arts, Edith A. and Percy S. Strauss Collection. Painting in Renaissance Siena 1420–1500. The Metropolitan Museum of Art, New York 1988.

S. 87, 88 Paolo Uccello, «Der heilige Georg und der Drache», 1455–1460. London, National Gallery. Archiv für Kunst und Geschichte, Berlin.

S. 89 Pisanello, Medaille mit dem Porträt des Gianfrancesco Gonzaga, um 1455. Mantua, Museo de Palazzo Ducale. John und Valerie Wilton-Ely s. o.

S. 90 Die Pferde von San Marco. Venedig. Vermutlich 2. Jh. v. Chr. John und Valerie Wilton-Ely, The Horses of San Marco Venice. London 1979.

S. 91 Paolo Uccello, «Giovanni Acuto», 1436. Florenz, Santa Maria del Fiore. Borsi s. o.

S. 98 Miniatur aus dem Codex Sphaera, 15. Jh. Hennebo s. o.

S. 99 Neapel, Francesco Tanasi. Borsi s. o.

S. 101 Giorgio Vasari, «St. Lukas malt die Jungfrau», Florenz, SS. Annunziata, Kapelle von

Sankt Lukas. T. S. R. Boase, Giorgio Vasari, The Man and the Book. Washington 1979.

S. 103 Giorgio de Chirico, «Rearing Horses», 1927/28. Privatslg. Italian Art 1900–1945. Mailand 1989.

S. 105 Florenz, Uffizien. Einar Rud s. o.

S. 107 Rüstung. Küraß aus der Missaglia-Werkstatt in Mailand. Um 1450. Schmidtchen s. o.

S. 111 Paolo Uccello, Porträt. Aus Vasaris «Le vite», Ausgabe von 1568. Einar Rud s. o.

Wer ein neues Buch über einen Künstler schreibt, liest meistens erst einmal eine ganze Reihe von anderen Büchern. Auf diese Weise habe ich von Autoren profitiert, die sich interessante Fragen gestellt und in sorgfältiger Forschung beantwortet haben. Der englische Kunstgeschichtsprofessor Michael Baxandall war es zum Beispiel, bei dem ich die Beobachtung über den «Problemhut» fand. Und seinem deutschen Kollegen Professor Alexander Perrig verdanke ich die aufschlußreichen Erklärungen der Zentralperspektive. Die Bücher, in denen ich die wichtigsten Informationen für meinen Text fand, sind hier aufgelistet:

Barolsky, Paul: Warum lächelt Mona Lisa? Vasaris Erfindungen. Berlin 1995

Baxandall, Michael: Die Wirklichkeit der Bilder. Malerei und Erfahrung im Italien des 15. Jahrhunderts. Frankfurt am Main 1984

Borsi, Franco und Stefano: Paolo Uccello. Florenz zwischen Gotik und Renaissance. Stuttgart / Zürich 1993

Dresdner, Albert: Die Entstehung der Kunst-Kritik im Zusammenhang der Geschichte des europäischen Kunstlebens. München 1968

Gebhardt, Volker: Paolo Uccellos «Schlacht von San Romano». Ein Beitrag zur Kunst der Medici in Florenz. Bochum 1990

Hennebo, Dieter: Gärten des Mittelalters. München und Zürich 1987

Kent, Dale: The Rise of the Medici Faction in Florence 1426–1434. Oxford 1978

Krautheimer, Richard: Ghiberti's Bronze Doors. Princeton, New Jersey 1971

Lindberg, David, C.: Auge und Licht im Mittelalter. Die Entwicklung der Optik von Alkindi bis Kepler. Frankfurt am Main 1987

Perrig, Alexander: Der Renaissance-Künstler als Wissenschaftler, in: Funk. Kolleg, hrsg. von Werner Busch, Bd. II, S. 649 ff. München/Zürich 1987

Pope-Hennessy, John: Paolo Uccello. London/New York ²1969

Romano, Giovanni: Landschaft und Landleben in der italienischen Malerei. Berlin 1989

Warnke, Martin: Hofkünstler. Zur Vorgeschichte des modernen Künstlers. Köln 1985

University of Oxford: Paolo Uccello's Hunt in the Forest. Oxford, Ashmolean Museum 1981

Elke von Radziewsky studierte Kunstgeschichte und Germanistik in Hamburg. Promotion über «Kunstkritik im Vormärz». Ausbildung zur Antiquarin. Arbeit als freie Kunstkritikerin für die Wochenzeitschrift «DIE ZEIT» und als Antiquarin. Seit 1988 Redakteurin bei «Architektur & Wohnen», dort mit Kunst, Antiquitäten und Garten befaßt.

Mein Bild

Die Kunstsachbuchreihe **Mein Bild** informiert über jeweils ein Meisterwerk großer Künstler. Ohne Anbiederung an den vermeintlich naiven Kindergeschmack. Denn: Kunst braucht Kenntnisse und keine Versimpelung.

Ute Blaich
Philipp Otto Runge: Die Hülsenbeckschen Kinder
(rotfuchs 781)
Bestenliste des BUCH-JOURNALS Sommer 1995
1805 malte Runge die Hülsenbeckschen Kinder. Rund um dieses *eine* Bild ein Mosaik von Informationen: Mode, technische Erfindungen, Architektur, Kochrezepte, Kinderspiele, Anekdoten, Briefe von Dichtern und Malern. Auf vergnügliche Weise wird Kunst zum Bilder- Album und Zeit- Spiegel.

Thomas David
Rembrandt: Belsazar
(rotfuchs 783)
König Belsazar erstarrt, als um Mitternacht an der Wand seines Palastes in Flammenschrift das furchtbare Menetekel erscheint. Mit Pathos und barocker Gebärde hat Rembrandt 1639 dieses Tafelbild in orientalischer Pracht gemalt. — Spannend macht Thomas David «das goldene Zeitalter» holländischer Malerei lebendig. Erzählt von Rembrandts Freunden, Modellen, Schülern, seiner Werkstatt, von Saskia, Hendrickje, von Ruhm und Krisen, Kunst und Konkurs.

rororo rotfuchs

Vor allem aber von Rembrandt selbst, dem größten holländischen Künstler des 17. Jahrhunderts.

Nils Jockel
Antoine Watteau: Die italienische Komödie
(rotfuchs 782)
Bestenliste SAARLÄNDISCHER RUNDFUNK 1995
Antoine Watteau, französischer Maler des Rokoko, gibt mit der «Italienischen Komödie» einen Spiegel seiner Zeit: der Welt geistreicher Maskeraden und schillernder Komödien. Mit Witz, Tempo und Purzelbäumen läßt Nils Jockel den Harlekin die Figuren der Commedia dell'Arte, das Theater am Hof und den genialen Watteau vorstellen.

Mein Bild

«Sehen was man sieht» (Le Corbusier) - unter diesem Motto führen die Autoren der Reihe **Mein Bild** Kinder an berühmte Bilder heran, begleiten sie auf eine abenteuerliche Zeitreise zu dem Maler und seinen Zeitgenossen und helfen auf unterhaltsame Weise, das Gemälde in seinem historischen Umfeld besser zu verstehen.

Nils Jockel
Pieter Bruegel: Das Schlaraffenland
(rotfuchs 780)
Durch Berge aus Hirsebrei, vorbei am verlockenden Wurstgezäun führt diese Kunstreise durchs Schlaraffenland. Da fließen Milch und Honig, da laufen Eier auf Beinen umher, und die Schweine tragen das Eßbesteck zwischen den Rippen. — Nils Jockel leitet diese Expedition ins 16. Jahrhundert mit soviel Witz, Kenntnis, Abenteuer, daß die Schlemmerphantasien des Pieter Bruegel zum köstlichen Kunstgenuß werden - ein pralles Vergnügen, das in Bildern und Wunschträumen schwelgt, das Lust auf Kunst macht.

Elke von Radziewsky
Paolo Uccello: Reiterschlacht
(rotfuchs 784)
Paolo Uccello (1397-1475), einer der bedeutendsten Pioniere des Renaissance-Stils, Erforscher der Perspektive und berühmter Tiermaler, begnügte sich nicht mit illusionistischer Wiedergabe der Wirklichkeit. Mit perspektivischen Tricks schuf er phantastische Räume. Sein Meisterwerk «Die Reiterschlacht von San Romano» (um 1456/57) gleicht einem Märchenspiel mit marionettenhaften Figuren. — Die renommierte Kunstkritikerin Elke von Radziewsky gibt eine faszinierende Bildinterpretation und spannende Einblicke in Uccellos Werkstatt.

rororo rotfuchs

Paolo Uccello,
«Die Reiter-
schlacht von
San Romano»,
1435/36.
Florenz, Galleria
degli Uffizi.